BASTEI
LÜBBE

GEISTERJÄGER

JOHN SINCLAIR

Jason Dark

Bestie Belinda

Horror-Roman

BASTEI LÜBBE

BASTEI LÜBBE TASCHENBUCH
Band 73 243

1. Auflage: Juli 2001

Vollständige Taschenbuchausgabe

Bastei Lübbe Taschenbücher
ist ein Imprint der
Verlagsgruppe Lübbe

Originalausgabe

Titelillustration: Maren /Bassols, Barcelona
Umschlaggestaltung: QuadroGrafik, Bensberg
Satz: Fotosatz Steckstor, Rösrath
Druck und Verarbeitung:
AIT Trondheim AS, Norwegen
Printed in Norway

ISBN 3-404-73243-X

Schüsse! Blut! Schreie!

Ein Körper, der unter den Einschlägen zusammenzuckte und auf dem primitiven Bett umhertanzte.

Männer, die schwere Waffen in den Händen hielten und im schwachen Licht der Lampen auf Grund ihrer Vermummung wie Mumien aussahen.

Ein letztes Hochwuchten des Körpers. Für eine Sekunde war der Kopf zu sehen, bei dem die obere Hälfte fast fehlte. Dann sackte der Mann zusammen.

»Erledigt! Weg hier!«, klang die dumpfe Stimme von der Tür her.

Wenige Augenblicke später waren die ›Mumien‹ verschwunden.

»Time over, Dungeon! Nichts geht mehr. Vorbei. Du bist so gut wie tot. Drei Morde in drei Staaten. Und ich habe dich erwischt!« Die Stimme klang kalt, ohne Emotionen, aber sie vibrierte leicht, ein Zeichen, dass der Sprecher doch nicht unberührt blieb.

Dungeon, der Killer, der lange im Dschungel von Guatemala gelebt hatte und deshalb diesen Spitznamen besaß, grinste kalt aus seinem dunklen Bartgestrüpp hervor und gleichzeitig durch die Zwischenräume des Zellengitters.

»Danke, Miller, du Arschloch. Aber du irrst dich!«

»Ach ja?«

Der Killer sprach weiter. »Ich lebe, Miller. Zwar beschissen, aber ich lebe. Du wirst bald tot sein, das spüre ich. Ich kann sie nicht sehen, doch fühlen. Sehr genau sogar, kenne mich da aus. Über deinem Kopf schwebt schon die Aura des Todes. Da hat der Sensenmann bereits seine Hand nach dir ausgestreckt. Im Wald lernt man das. Da ist man oft sehr allein und kann sich auf andere Dinge konzentrieren. Auf die Natur, ohne Menschen. Auf das, was dahinter steckt. Ich möchte nicht in deiner Haut stecken. Nicht um alles in der Welt.« Zum Abschluss nickte er und schlug wie zum Hohn ein Kreuzzeichen.

Der FBI-Agent hatte alles gehört. Er verzog seinen schmallippigen Mund. »Spar dir deine Scheiße, Dungeon. So wie du redet nur jemand, der selbst Schiss hat. Dich wird es erwischen. Man macht dir den Prozess, und dann bist du reif. Kann sein, dass ich sogar zu deiner Hinrichtung komme, um mich zu amüsieren. Wenn du winselst, fange ich an zu lachen, Killer.«

»Keine Chance, Miller, du stirbst vor mir!«

Der G-man streckte den Mittelfinger der linken Hand in die Höhe, drehte sich um und ging. Er wollte Miller nicht mehr sehen, den man Dungeon nannte.

Er ging durch den kahlen Gang und fühlte sich gut und stark. Es war geschafft. Er hatte Miller gestellt, und es war gar nicht mal schwer gewesen. Im Schlaf überrascht. Handschellen anlegen und vorbei. Miller hatte sich später auch nicht gewehrt. Fast schien er froh darüber gewesen zu sein, dass die Jagd nach ihm ein Ende hatte. Was nun folgte, kümmerte Miller nicht.

Es war nur noch eine Zelle besetzt. Hinter dem Gitter hockte ein bulliger Kerl auf der Pritsche, dessen rechte Hand von einem Verband umwickelt war. Bei seiner Festnahme hatte es eine Schießerei gegeben. Eine Kugel hatte seine Hand durchschlagen.

Hier in Texas ging es eben hart zur Sache, und Miller gehörte zu den Leuten, die diese Härte befürworteten. Weg mit dem Pack. Am besten für immer. Dass dabei auch Unschuldige hingerichtet wurden, störte ihn nicht.

Der Sheriff wartete vorn in seinem Office. Er hatte die Beine hochgelegt und starrte auf den Monitor seines Computers, auf dem sich nichts abmalte. Als Miller ankam, drehte er sich gemächlich um.

Der Sheriff war ein Mann um die 50. Klein, breitschultrig, ein Kraftpaket. Er hatte ein rundes Gesicht und kalte Augen.

»Alles klar, Miller?«

»Ja, abgehakt.« Der FBI-Agent ging zum Wasserbehälter und füllte ein Glas. Er setzte sich nicht, als er trank und schaute versonnen auf zwei alte Steckbriefe, die noch an der Wand klebten.

»Wann fahren Sie wieder zurück nach Houston?«

»Heute nicht mehr. Ich übernachte.«

»Wo?«

»In einem Motel.«

»Ah ja.«

»Warum?«

Der Sheriff hob die Schultern. »War nur eine Frage. Es gibt auch Papierkram zu erledigen.«

»Machen wir von Houston aus.«

»Gut.« Eigentlich ärgerte sich der Mann mit dem Stern darüber, dass nicht er es gewesen war, der den Killer gestellt hatte. Das Schicksal hatte es anders gewollt. Da musste er sich fügen. Zudem mochte er Miller nicht. Das hatte nicht mal etwas Persönliches, sondern allgemein waren ihm die FBI-Bullen unsympathisch. Die traten immer auf, als gehörte ihnen die Welt. Obwohl der Sheriff sich in seinem Kaff nicht anders verhielt. Deshalb hatte er dem Mann auch nicht das Angebot gemacht, mit ihm ein Glas trinken zu gehen.

»Wann wird er abgeholt?«

»Später.«

»Morgen?«

»Nehme ich an.« Miller hatte den Becher leergetrunken und warf ihn in einen Papierkorb. Ein Mann mit flachsblonden Haaren, gar nicht mal groß, sogar recht unscheinbar, doch wer ihn näher kannte, dem fielen auch die kalten Augen auf. Für andere Menschen hatte Miller nur wenig übrig. Der Job war wichtig.

»Ich fahre dann wieder!« Er nickte dem Sheriff zu. »Wir werden noch voneinander hören.«

»Ja, denke ich auch.«

Miller ging. Für ihn war dieser Job abgeschlossen. Ein neuer wartete bestimmt schon auf ihn. Der Mann war ein Jäger, der ständig die neue Herausforderung brauchte.

Sein Wagen, ein Chrysler, parkte vor dem Office. Die blasse texanische Wintersonne strahlte ihn an und hinterließ auf dem grauen Blech einen matten Glanz. Der Himmel lag wie ein weites Feld über ihm, gesprenkelt mit vereinzelten Wolkentupfern. Es sah nicht nach Regen aus, es war auch nicht kalt, aber man konnte ohne Klimaanlage und mit offenem Verdeck fahren.

Miller mochte den Ort nicht. Er lag in der Prärie, wie er sagte. Eine typische Kleinstadt mit ungefähr 20.000 Einwohnern. Nichts Bewegendes. Davon gab es in den Staaten unzählige. Man sah sie, und man vergaß sie.

Miller stieg in seinen Wagen. Main Street nannte sich die Straße. Hier herrschte der meiste Betrieb. Sie war breit und von Geschäften und kleinen Bars gesäumt. Drei Hotels gab es auch, die im Western Stil gebaut waren. Miller hätte auch hier übernachten können, aber das wollte er nicht. Zwanzig Meilen südwärts gab es ein Motel. Da hatte er sich ein Zimmer vorbestellt. Dort hatte er seine Ruhe und konnte sich einen kräftigen Schluck gönnen. Hin und wieder musste er sich betrinken. Jeder Mensch hatte so seine Eigenarten. Seine Frau hatte das damals nicht mitmachen wollen und sich von ihm getrennt.

Nach jedem gelösten Fall spürte Miller so etwas wie eine Euphorie. Nur jetzt nicht. Er saß im Wagen, hatte sich schon angeschnallt, fuhr allerdings noch nicht los und fragte sich nur, weshalb ihn das Gefühl diesmal im Stich ließ. Er dachte darüber nach und konnte sich zunächst keinen Reim darauf machen, bis ihm einfiel, dass es möglicherweise mit Dungeons letzten Worten zusammenhing. Der Killer hatte ihm einen schnellen Tod prophezeit. Diese Worte waren für Miller mehr als eine der üblichen Drohungen gewesen. Es hatte mehr dahinter gesteckt, und er fühlte sich immer unbehaglicher. Dieser Ernst in der Stimme hatte ihn schon nachdenklich werden lassen.

Sterben – sehr schnell sterben. Noch vor Dungeon. Miller hätte eigentlich darüber gelacht. Er tat es nicht und krampfte dafür seine Finger um das Lenkrad.

»Schwachsinn«, flüsterte er. »Absoluter Unsinn. Daran soll glauben, wer will. Ich nicht.«

Er wusste, dass er sich belog. Es stimmte nicht. Er glaubte zwar nicht daran, aber etwas war schon hängen geblieben, das sich einfach nicht abschütteln ließ.

Seine schlechte Stimmung konnte auch an diesem Kaff liegen, das er so rasch wie möglich hinter sich bringen wollte.

Er startete den Chrysler. Langsam fuhr er an. Letzte Blicke auf die Fassaden, auf die Menschen, die für ihn Hinterwäldler waren. Er fand es lächerlich, dass man Weihnachtsbäume aufgestellt hatte und aus den

Schaufenstern die üblichen Weihnachtsmänner grüßten, wobei sie ihre Zugtiere, die Elche, stets bei sich hatten.

Er schaltete das Radio ein. Country Music brachte der lokale Sender. Was auch sonst. Er wollte die Stimme von Johnny Cash nicht mehr hören.

Ohne Musik fuhr er weiter. Hinein in die Landschaft, die für ihn keine war. Flach, ohne Erhebungen, so weit das Auge reichte. Ein paar dieser typischen Überlandleitungen, ansonsten nur Erde, die nicht mal als Weidefläche benutzt werden konnte. Zum Teil versteppt, braun und auch leicht grau aussehend.

Auf der Straße herrschte nur wenig Verkehr. Es war auch kein Highway, der führte ein paar Meilen westwärts vorbei. So fehlte dem Kaff die direkte Anbindung an die große Welt.

Es gab nur den großen weiten Himmel. Auch sein Anblick konnte Millers Laune nicht verbessern. Die würde sich erst bessern, wenn er das Motel erreicht hatte.

Er liebte diese anonymen Übernachtungsstätten. Keine Fragen, keine Antworten. Da war er allein, wenn er wollte. Und wenn nicht, konnte er sich noch immer jemand holen. Für entsprechende Dollars natürlich. Das tat er öfter, aber an diesem Abend würde er keinen Bock auf eine Frau haben. Eine Flasche Bourbon würde zu seiner besten Freundin werden.

Das Reklameschild sah er schon Meilen vor seinem Ziel. Western Motel. Saubere Zimmer, gutes Essen. Um das zu unterstreichen, grinste den Betrachter ein Cowgirl an, das nur knapp bekleidet war, aber einen Gurt mit zwei Revolvern um die Hüfte gespannt hatte.

Sein Laune besserte sich. Miller freute sich auf die Dusche und den Schluck danach.

Minuten später fuhr er auf den Parkplatz. Das Motel bestand aus zwei Gebäuden, die durch einen überdachten Glasgang miteinander verbunden waren. In einem Bau saßen die Menschen im Restaurant an den Tischen oder an der langen Theke.

Die Zimmer verteilten sich auf zwei Ebenen. Einmal Parterre, dann in der ersten Etage. Und sie sahen alle gleich aus, zumindest wenn man die Fenster betrachtete, von denen keines in der Größe von dem anderen abwich.

Die Reisetasche lag auf dem Rücksitz. Er schnappte sich das Gepäck, stieg aus und schaute sich für einen Moment um. So etwas war bei ihm in Fleisch und Blut übergegangen, das brachte der Job eben mit sich. Gefahr drohte ihm nicht. Nur das leichte Drücken im Magen war geblieben. Miller ärgerte sich darüber, dass ihn die letzten Worte des Killers so stark beschäftigten.

Er betrat den Rezeptionsbereich. Eine Glastür schob sich zur Seite. Die Umgebung gefiel ihm. Sie war hell und wirkte trotz ihrer Anonymität nicht unfreundlich. Zwei Sitzecken mit blau gepolsterten Sesselbezügen. Viereckige Tische und eine Rezeption, hinter der ein junger Mann mit weißem Hemd und roter Fliege saß. Der Knabe erhob sich, als der neue Gast das Motel betrat. Augenblicklich knipste er sein Sonntagslächeln an.

Miller stellte die Tasche ab und nannte seinen Namen.

»Herzlich willkommen, Mr. Miller.«

»Ich hatte ein Zimmer vorbestellt.«

»Einen Moment Geduld, bitte.«

Der Blick in den Computer, das Nicken – Miller nahm es aus dem Augenwinkel wahr. Er überlegte, ob er sich die Flasche schon jetzt mit auf das Zimmer nehmen sollte oder erst nach dem Duschen. Außerdem verspürte er leichten Hunger.

Nach dem Duschen war auch noch genügend Zeit. Er bekam seinen Schlüssel, bedankte sich und ging.

Es gab nur einen Weg zu den Zimmern. Er hatte die Nummer sechs. Die hellgrün gestrichene Tür lag in der Mitte des Flurs an der rechten Seite.

Er schloss auf und blieb auf der Schwelle stehen. Ein erster kurzer Blick in den Raum. Sein Nicken, das anzeigte, wie sehr ihm das Zimmer zusagte.

Es war groß genug. Es gab die übliche Einrichtung. Das Bett, die Sitzgruppe, der Teppich mit den mexikanischen Motiven. Eine Glotze war auch vorhanden und zudem ein Kühlschrank. Eine zweite Tür führte zum Bad.

Er stellte die Tasche neben dem Bett ab und schaute in die Nasszelle hinein.

Toilette und Dusche. Ein Waschbecken. Handtücher, ein Bademantel. Auch ein Föhn. Er war alles vorhanden, was er brauchte. Er ging wieder zurück. Vom Fenster aus konnte er seinen geparkten Wagen sehen. Auch nicht schlecht.

Nach dem Duschen kehrte der Hunger doppelt und dreifach zurück. Es war auch Zeit, denn der Blick nach draußen zeigte ihm, dass die Dämmerung allmählich den Kampf gegen die Helligkeit des Tages gewann. Eine gute Zeit, um etwas zu essen.

Durch den Verbindungsgang betrat er das Lokal. Es war sauber, es roch nach Essen, und an der langen Theke gab es genügend freie Plätze.

Miller setzte sich so, dass ihn die anderen Gäste

nicht störten. Auf einer großen Tafel standen die Tagesgerichte. Er entschied sich für ein Texas-Steak, auf das besonders hingewiesen wurde. Dazu gab es kleine gebratene Kartoffeln in der Schale.

Die Bedienung stellte ihm automatisch Kaffee hin. »Danke.«

Die junge Frau lächelte. »Möchten Sie auch etwas essen, Sir?«

»Ja, das Texas-Steak.«

»Eine gute Wahl.«

»Ich hoffe es.«

Die Kleine zog sich zurück. Ein Magazin lag in der Nähe. Miller griff danach, ohne den Text jedoch richtig zu lesen. Er war mit seinen Gedanken nicht richtig bei der Sache, weil er einfach die Drohung des Killers nicht vergessen konnte. Es war eine Zeit, die zum Essen einlud. Allmählich füllte sich das Restaurant. Die großen Trucks stoppten hier nicht, deren Fahrer nahmen die Raststätten an den Highways. Hier hielten auch Familien an. Menschen, die auf dem Weg nach Hause waren und sich verspätet hatten. So war bald die Hälfte der Tische besetzt.

Dann sah er die Frau!

Das heißt, er spürte sie mehr und nahm auch den Geruch des Parfüms wahr. Nicht mal unangenehm, weil nicht zu süßlich und schwer. Aus dem linken Augenwinkel sah er die blonde Person. Er hatte sie nicht eintreten sehen, sie musste sich durch den Eingang geschlichen haben und hatte die Theke erreicht.

Blond, sehr blond. Eine Mähne, die auch zu einem Raubtier gepasst hätte. Sie trug einen dunklen langen Ledermantel, der bis zu den Knöcheln reichte. Darunter hatte sie etwas Helles an, aber Millers Blick glitt höher zu ihrem Gesicht.

Es war das Gesicht eines Menschen, aber es hatte auch etwas Katzenhaftes. Die leicht schräggestellten Augen mit dem grünlichen Schimmern, die gerade Nase, der breite Mund, ein schmaler Hals und natürlich die Mähne, so blond und mit leicht rötlichen Strähnen durchzogen, die im Licht der Beleuchtung intensiver schimmerten.

Die Frau hatte Platz genommen, ohne ihn und auch die Umgebung eines Blickes zu würdigen. Dennoch spürte Miller etwas Kaltes seinen Rücken hinabrinnen. Er kannte den Grund nicht, und er wusste auch nicht, weshalb er beim Anblick der Frau an die Worte des Killers denken musste, es war nun mal so.

Die Bedienung blieb freundlich, auch wenn sie sich dem neuen Gast gegenüber reservierter zeigte.

Die Blonde bestellte Wodka. Einen Doppelten. Dazu trank sie einen Mokka.

Miller schaute in den Spiegel. Er sah nur wenig vom Gesicht der Frau. Das Haar war nach unten gefallen. Sie zog auch den Mantel nicht aus, sondern blieb weiterhin in ihrer Haltung sitzen, als wäre sie dabei, über ein Problem nachzugrübeln.

Man servierte ihr den Mokka zusammen mit dem Wodka. Zuerst trank sie die braune Brühe. Der kleine Schluck, dann kippte sie den Rest in die Kehle. Typisch italienisch. Sie trank nicht zum ersten Mal einen Mokka. Miller wurde abgelenkt, denn sein Essen wurde serviert. Das Steak war gut und saftig.

Er aß, war aber mit seinen Gedanken nicht bei der Sache. Ihm ging die Frau nicht aus dem Sinn, obwohl sie ihm keinen Blick geschenkt hatte. Überhaupt hatte sie keinen der Gäste angesehen. Der FBI-Agent fragte sich, ob diese Person hier wohnte oder nur kurz auf einen Schluck angehalten hatte.

Er bestellte sich noch ein großes Bier. Er war kühl, schmeckte zum Essen, und als er schließlich das Besteck auf den Teller legte, war er satt.

Und die Blonde war nicht mehr da!

Die Frau war wie ein Phantom gekommen und hatte das Lokal ebenso verlassen.

Er wunderte sich über ihr unbemerktes Verschwinden. Normalerweise entging dem FBI-Agenten keine Veränderung in seiner Umgebung.

Die Kellnerin räumte ab. Sie hatte den Teller noch nicht ganz weggezogen, als Miller sie ansprach.

»Kannten Sie die Frau, die zwei Plätze von mir entfernt saß?«

»Nein.«

»Sie wissen auch nicht, ob sie hier ein Zimmer gemietet hat?«

»Nein, Sir, das ist mir unbekannt.«

»Wie hat sie bezahlt?«

»Cash.« Das Lächeln der jungen Frau wirkte auf Miller irgendwie schadenfroh.

»Danke.« Er trank sein Glas leer. »Dann nehme ich auch noch einen Mokka.«

»Gern.«

Allmählich füllte sich die Bar. Zumeist Männer. Viele aus der Gegend, wie Miller meinte, denn sie rochen einfach so. Nach Land, nach Weide oder wie auch immer.

Die Gespräche drehten sich um das, was hier in der Gegend passierte. Nichts, was Miller interessiert hätte. Er dachte mehr an die Blonde. Sie wollte ihm nicht aus dem Kopf. Dabei war er kein Mensch, der unbedingt schnell auf eine Frau flog, aber bei dieser war das völlig anders. Ihr Anblick hatte bei ihm etwas entzündet, das wie eine Flamme war, die er nicht löschen konnte. Immer wieder sah er sie noch auf dem Hocker sitzen, und etwas entfernt erinnerte die Frau ihn an die Schauspielerin Michelle Pfeifer.

Und die mochte er. Vielleicht ging ihm deshalb die Blonde nicht aus dem Kopf.

Aber da waren noch Dungeons Worte. So etwas kannte er. Das hatte er öfter erlebt. Warnungen und Drohungen, über die er stets gelacht hatte.

Heute nicht.

Die Kellnerin, die zusammen mit ihrer dunkelhäutigen Kollegin jede Menge zu tun hatte, war gerade in der Nähe. Er bat um die Rechnung. »Und schreiben Sie noch eine Flasche Bourbon mit auf. Die nehme ich mit auf mein Zimmer.«

»Geht klar, Sir.«

Er schaute wieder in den Spiegel, wollte die anderen nicht sehen und konzentrierte sich auf sein Aussehen. Was er zu sehen bekam, war ein müdes Gesicht mit Rändern unter den Augen und einem Mund, dessen Lippen noch schmaler geworden waren. Der Job stresste. Bisher hatte er Glück gehabt. Er war bei seinen Chefs angesehen. Er gehörte zu den großen Jägern. Auf der Erfolgsliste stand sein Name ganz oben. Das schon über Jahre hinweg. Früher im Team, heute als Einzelgänger. Fast schon wie ein Kopfgeldjäger.

Er musste unterschreiben. Die Flasche war ihm eingepackt worden. Er gab ein Trinkgeld, das die Kellnerin strahlen ließ. Sie wünschte ihm noch einen schönen Abend und eine geruhsame Nacht.

»Wird schon werden«, sagte Miller.

Es war dunkel geworden. Sterne gab es nicht zu sehen, weil die graue Wolkendecke sie verdeckte. Er schritt durch den hellen Verbindungsgang und kam sich in diesen langen Augenblicken wie eine Zielscheibe vor. Unbewusst ging er schneller. Zu seinem Job gehörte es, immer auf Sicherheit bedacht zu sein,

Im Hotelflur fühlte er sich besser, auch wenn er einen anderen Gast sah, der nicht eben Vertrauen ausstrahlte. Ein öliger Typ im hellen Anzug und einem Grinsen, das anwiderte.

Miller schloss die Tür auf. Er trat noch nicht in die Dunkelheit hinein, wartete einige Sekunden lauernd ab, sah Schatten und Umrisse, aber kein Lebewesen.

Miller machte Licht.

Alles war normal.

Er trat in das Zimmer. Er schloss die Tür hinter sich und spürte die Unruhe. Verdammt, es gab keinen Grund. Es war alles so normal wie immer, und trotzdem kam er mit seiner Lage nicht zurecht.

Er schnupperte.

Ein fremder Geruch?

Vielleicht. Es konnte auch sein, dass er den Duft des Parfüms der Blonden noch in der Nase hatte. Er löste das Papier von der Flasche, stellte sie auf den Tisch und zog seine Jacke aus. Für einen Moment blieb er nachdenklich stehen und überlegte, ob er seine Waffe ablegen sollte.

Er tat es. Mitsamt Holster legte er sie unter das zweite Kopfkissen des Doppelbetts.

Danach zog er das Rollo vor die Scheibe. Er hatte sich noch nicht gedreht, als er hinter sich ein leises Geräusch hörte und einen Luftzug zu spüren glaubte.

Miller kreiselte herum.

In der offenen Tür zum Bad stand die Blonde.

Und sie war nackt!

Es kam selten vor, dass Miller sprachlos war. In diesem Fall fehlten ihm die Worte. Er starrte die Frau an, die keinen Faden mehr am Körper trug.

Auch keine Schuhe oder Stiefel. Dennoch war sie kaum kleiner geworden. Eine sehr große Frau mit einem Körper, der durchtrainiert war. Möglicherweise hatte sie für eine Frau zu kräftige Armmuskeln und auch Oberschenkel. Auch die Schultern waren recht breit. Es ließ darauf schließen, dass sie regelmäßig ein Fitness-Center besuchte und trainierte.

Die Haare hatte sie zurückgeschoben, damit das gesamte Gesicht freilag. Der Mund zeigte ein Lächeln, das Miller etwas spöttisch vorkam.

»Überrascht?«, fragte sie.

»Etwas schon.«

»So ist das nun mal im Leben.«

Sein Polizistengehirn arbeitete auf Hochtouren. »Darf ich fragen, wie du hier in das Zimmer gekommen bist?«

Er hörte ein spöttisches Lachen. »Hast du dir mal das Schloss angesehen?«

»Es blieb nicht aus.«

»Dann weißt du es. Das ist kein Problem. Aber du hast die Wahl. Soll ich bleiben oder gehen?«

Miller gab die Antwort noch nicht sofort. Er dachte nach und schürzte dabei seine Unterlippe. »Wenn du willst, kannst du bleiben. Aber eines sage ich dir. Einen schnellen Deal kannst du hier nicht machen. Ausrauben, K.o-Tropfen, das ist nicht drin. Ich kenne mich aus.«

»Das hatte ich nicht vor.«

»Gut.« Er grinste. »Trinkst du Whisky?«

»Mit dir immer.«

»Dann besorge zwei Gläser aus dem Bad und sag

mir deinen Preis. Außerdem deinen Namen. Ich bumse nicht gern zu anonym.«

Erst brachte sie die Gläser, stellte sie auf den Tisch und meinte mit lockerer Stimme. »Ich koste nichts. Außerdem kannst du mich Belinda nennen.«

»Guter Name.« Er öffnete die Flasche Bourbon. »Aber kostest du wirklich nichts?«

»Nein.«

Er goss Whisky in die Gläser und überlegte. Das konnte eine Falle sein. Er dachte wieder an Dungeons Warnung, dann erinnerte er sich daran, wie gut er selbst war, und schüttelte nur noch leicht den Kopf.

Belinda hatte sich gesetzt. Er ging zu ihr und reichte ihr ein Glas. »Warum kostest du nichts?«

»Ich habe selbst genug.«

»So? Das hört man selten. Schwer zu glauben.«

»Stimmt aber. Ich brauche Männer«, sagte sie, »und was ich brauche, das nehme ich mir.«

Er trank, und sie auch. »Warum hast du gerade mich ausgesucht? Würde mich echt interessieren.«

»Weil du mir gefallen hast.«

»Hm, du kennst mich nicht.«

»Ich habe einen Blick. Du hast mir gefallen. Wir sollten uns eine heiße Nacht machen.«

»Sollten wir«, sagte er. »Aber ich weiß nicht, ob ich auf dein Angebot eingehen soll.«

»Was stört dich? Gefalle ich dir nicht? An der Bar hast du anders reagiert.«

Er warf einen Blick auf ihre Brüste, die nicht zu groß waren und leicht zu den Seiten hin abstanden. Die dunklen Spitzen sahen aus wie kleine Kirschen. »Doch, du bist nicht schlecht.«

»Ist nicht eben ein Kompliment.«

»Na ja, sollte es aber sein.« Auch er setzte sich jetzt,

und zwar ihr gegenüber. Miller ließ den Whisky im Glas kreisen, bevor er wieder einen kleinen Schluck trank. Etwas störte ihn, das stand fest. Nur konnte er nicht sagen, was es war. Die Frau nicht. Sie entsprach vom Aussehen her ganz seinem Geschmack. Es war etwas anderes, dass ihn, den Bullen, misstrauisch machte. Sie war in sein Zimmer eingedrungen. Sie hatte sich ausgezogen, sich verhalten wie eine Nutte, aber sie wollte kein Geld. So schön konnte ein Mann nicht sein. Gut, es gab Nymphomaninnen, es gab die verrücktesten Dinge auf der Welt, und trotzdem stufte er diese Person nicht als eine solche ein. Das sagten ihm sein Gefühl und seine jahrelange Erfahrung.

Miller verengte die Augen. »Irgendwie komme ich mit dir nicht zurecht«, gab er zu.

»Das wird sich ändern.« Sie leerte ihr Glas mit einem kurzen harten Schluck und stand dann auf. »Wenn du willst, kannst du es dir schon auf dem Bett bequem machen. Ich bin gleich wieder da.«

Miller war sprachlos. Es kam nur sehr selten bei ihm vor. Hier hatte ihm das Verhalten der Frau wirklich die Worte genommen. Das war schon ungeheuerlich. Sie verhielt sich, als würde ihr allein hier das Zimmer gehören. Das machte ihn sauer. Normalerweise war er es, der bestimmte, wo es langging.

Seltsamerweise protestierte er nicht, als sie die Tür zum Bad öffnete und darin verschwand. Sie ließ die Tür nicht offen, lehnte sie nur an. Miller dachte, dass sie duschen würde. Einen Teufel würde er tun. Er würde sich nicht auf das Bett legen und auf sie warten. Wenn er einen Puff hätte besuchen wollen, denn hätte er das auch getan. Auf eine Frau hatte er in dieser Nacht wirklich keinen Bock. Er bestimmte, wann er sich vergnügen wollte.

Miller sah ihre Kleidung nicht. Sie musste sich im Bad ausgezogen haben. Egal, dort sollte sie sich auch wieder anziehen, und dann musste sie verschwinden.

Ihn irritierte, dass er das Rauschen des Wassers nicht hörte. Weder das der Dusche noch das im Waschbecken. Vielleicht saß sie auf der Toilette

Aber ein Geräusch hörte er aus dem Bad!

Es war ein Laut, der ihm nicht gefallen konnte. Ein scharfes Husten oder Keuchen, als hätte sie sich verschluckt. Und es blieb nicht bei diesem einen Mal, denn es wiederholte sich, sodass sich Miller fast Sorgen machte.

Miller stand auf und ging zur Tür. Er bewegte sich so leise wie eben möglich. Plötzlich lag auch eine Gänsehaut auf seinem Körper, was ihn etwas ärgerte. Er vermisste seine Coolness.

Miller klopfte an die Tür. »He, hast du Probleme?«

Keine Antwort.

»Verdammt, was ist?«

Miller hörte wieder das Keuchen. Er ließ die Waffe unter dem Kopfkissen liegen und verließ sich auf seine Körperkräfte. Er nahm auch keine Rücksicht mehr.

Mit einem Ruck riss er die Tür auf.

Er sah sie, und schlagartig packte ihn das Entsetzen, denn sie war keine normale Frau mehr

Belinda hatte sich verändert, und sie war dabei in eine fürchterliche Metamorphose hineingeglitten. Es brannte nur das Licht am Spiegel, aber das war hell genug, um Miller auch Einzelheiten erkennen zu lassen.

Sie war beides – Mensch und Bestie!

Ein fürchterlich verändertes Gesicht, das ihn an einen Hund denken ließ oder besser an einen Wolf. Auf dem nackten Körper sträubte sich das helle Fell. Im offenen Maul der weit vorgezogenen Schnauze schimmerten die Zähne eines mörderischen Gebisses. Die Augen hatten ihre normale Farbe verloren. Sie schimmerten jetzt rötlich, als wäre dünnes Blut geronnen.

Miller wurde nicht verrückt. Er wunderte sich über sich selbst, wie gut er sich in der Gewalt hatte. Er verharrte wie erstarrt. Die Szene war unglaublich. Zwischen ihr und ihm hatte sich ein Graben geöffnet, den er nicht überspringen wollte.

Er glaubte an eine Einbildung und zugleich an die Wirklichkeit. Nur brachte er beides nicht in Einklang. Das war sein Problem. Mit beinahe wissenschaftlichem Interesse ließ er seinen Blick nach unten wandern. Er sah den Hals, auch die Schultern und stellte fest, dass die Haare an Dichte verloren und schließlich völlig verschwanden, sodass nur der normale Körper mit der normalen Haut zurückblieb. Das war ein Wahnsinn, nicht einzusehen, aber eine Tatsache.

Vor ihm stand eine Gestalt, die zum Teil Monster und zum Teil noch Mensch war.

Bis auf die Hände.

Sie hatten die Normalität ebenfalls verloren. Sie waren gestreckt, und aus den Fingern hatten sich knotige Krallen entwickelt, auf denen ein dünner Flaum von Haaren wuchs, der etwas zitterte. Die ehemaligen Fingerspitzen endeten in scharfen Krallen, die leicht nach innen gebogen waren.

Sie stand zwischen Waschbecken und Dusche, und er hielt sich noch auf der Schwelle auf.

Miller wusste nicht, wie lange er auf dem Fleck gestanden und dieses Wesen angestarrt hatte. Es gab keine Zeit mehr für ihn. Er kam sich vor, als hätte man ihn aus dieser Zeit einfach weggerissen und in eine andere Welt gestellt.

Erst das Fauchen riss ihn wieder zurück in die Wirklichkeit. Da zuckte er zusammen, schüttelte sich kurz und ihm wurde klar, dass er sich in Gefahr befand.

Bestie Belinda, dachte er und war überzeugt davon, dass sie sich nicht nur verwandelt hatte, um ihm zu beweisen, dass sie so etwas konnte. Da gab es andere Gründe.

Miller dachte an seine Waffe und daran, dass sie unter dem Kopfkissen lag. Der Weg zu ihr war zu weit. Die Bestie würde ihn immer erreichen.

Noch ein Fauchen!

Der FBI-Mann wollte zurück, als sie schon sprang. Er hatte den berühmten Bruchteil der Sekunde gezögert, und genau das wurde ihm zum Verhängnis. Die Mischung aus Frau und Monster war schneller als er, viel schneller.

Aus dem Stand heraus stieß sie sich ab.

Der G-man riss noch die Arme hoch, als sich der Körper vor ihm hochbäumte. Er sah die Pranken, die Schnauze, die hellen Zähne und auch den Geifer dazwischen. Den Sprung zurück schaffte er zwar noch, aber es war nicht mehr als eine kasperhafte Bewegung. Es erwischte ihn noch in der Luft, als beide Pranken zugriffen.

Mit dem Hinterkopf zuerst schlug er auf den Boden. Der Aufprall ließ Sterne vor seinen Augen explodieren, aber er machte ihn nicht kampfunfähig. Er lag zwischen Zimmer und Bad, seine Beine ragten in die Nasszelle hinein, und genau dort stand die Bestie. Sie hatte sich gebückt und hielt seine Knöchel mit den harten Pranken umklammert. Er kam nicht mehr weg, auch wenn er die Hände so hart wie möglich gegen den Boden stemmte.

Belinda zog ihn.

Sie kannte keine Gnade, und es kostete sie nicht mal Anstrengung, ihn in das Bad zu zerren. Miller musste zugeben, dass er angeschlagen war. Der Aufprall hatte ihn mitgenommen. Seine Gegenwehr entsprang mehr den Reflexen und Instinkten, denn sie war alles andere als gezielt.

Belinda war eiskalt. Sie besaß eine Kraft, die schon unbeschreiblich war. Er konnte sich noch so anstrengen, es gelang ihm nicht, sich aus der Umklammerung zu lösen. Die Krallen hatten längst die Hosenbeine aufgerissen. Seine Socken waren erst recht kein Hindernis, und dann riss die Bestie ihn plötzlich an den Füßen in die Höhe. Wie das passierte, bekam Miller nicht mit. Für einen Moment war die Welt zu einem Kreisel geworden, und dann erwischte ihn der wahnsinnige Aufprall. Er hatte das Gefühl, von oben nach unten zu fallen. Von einem Turm hinein in die Tiefe. Diesmal schlug er nicht nur mit dem Kopf auf, sondern mit dem gesamten Körper, und dieser Aufprall durchjagte ihn wie ein mächtiger Stromstoß.

Er hörte sich schreien.

Vor seinen Augen tanzten Kreise. Stiche jagten durch seinen Kopf.

Die Welt um ihn herum verschwand, und er fragte sich, ob er tatsächlich geschrien hatte oder die Laute von der verdammten Bestie stammten, in deren Gewalt er sich jetzt befand.

Sie ließ ihm Zeit, bis er wieder etwas klarer sehen konnte. Da schwebte sie über ihm. Sie war ein Potenzial an Gewalt und Grausamkeit, und sie gab keine Ruhe.

Er wurde in die Höhe gerissen. Einen Moment später flog er durch den Raum. Mit dem Rücken krachte er gegen die Wand und fiel dort zusammen wie eine Gliederpuppe.

Er war fertig, ausgelaugt, fast am Ende. Der Wille zur Gegenwehr war noch vorhanden, doch er schaffte es nicht, ihn in die Tat umzusetzen.

Sie war bei ihm.

Er spürte ihre Krallen auf seinem Kopf. Sie drückten durch das dünne Haar und weiter hinab, hinterließen die ersten Blutspuren, die sich dann verlängerten, je weiter die Krallen an seinem Gesicht entlang nach unten glitten.

Seine Haut wurde aufgerissen, als sollte sie ihm vom Gesicht geschält werden. Das warme Blut lief in Millers offenen Mund. Er schmeckte es auf der Zunge, und er hörte, wie aus dem Rachen der Bestie etwas hervordrang, dass fast wie eine Stimme klang. Und diese Stimme flüsterte einen Namen.

Miller verstand nichts mehr. Aber die harten Spitzen umklammerten seine Kehle.

Ein letztes Mal schoss der Widerstand in ihm hoch. Er wollte sich aufbäumen, aber die Pranken waren schneller. Zuletzt hörte er noch das Knurren der Bestie, und es klang triumphierend. Hier war jemand am Werk, der es geschafft hatte.

Was dann geschah, war grausam und nicht mehr zu begreifen. Die Bestie wütete. Sie setzte ihre Krallen ein, und erst nach Minuten war sie fertig.

Niemand sah etwas. Niemand hörte etwas. Im Restaurant ging es inzwischen hoch her, und in den Zimmern des Motels kümmerte sich kein Gast um den anderen.

Als gegen Mitternacht eine blonde Frau im Ledermantel das Motel verließ, schenkte ihr auch niemand Beachtung. Nur einmal noch war sie zu sehen. Da huschte sie an dem beleuchteten übergroßen Weihnachtsmann vorbei, der so freundlich lächelte und die Menschen an das nahe Fest der Liebe erinnerte …

Erst spät am nächsten Tag wurde der Tote entdeckt. Oder das, was man noch von ihm sah. Ein junger Mann, der die Zimmer aufräumen wollte, wunderte sich darüber, dass dieser Gast seine Tür nicht öffnete.

Er probierte es dann. Die Tür war offen. Alles weitere war für ihn Schock gewesen, ein Albtraum. Er konnte sich noch daran erinnern, wie sehr er geschrien hatte. Aufgewacht war er dann in einem Krankenhaus.

Dort hatten schon zwei Beamte auf ihn gewartet. Er konnte ihnen so gut wie nichts sagen und war froh, dass man ihm eine Beruhigungsspritze gab.

Es war jemand umgekommen. Aber diese Person war nicht einfach nur ein x-beliebiger Mann gewesen, sondern einer der erfolgreichsten FBI-Agenten, und genau das ließ das Feuer auflodern. Denn Miller war nicht der erste gewesen. Innerhalb eines Monats hatte es bereits den vierten erwischt, und jeder G-man war auf die gleiche Art und Weise ums Leben gekommen.

Man hatte die Männer nicht nur einfach getötet, sondern so brutal umgebracht, dass selbst den abgebrühten FBI-Leuten der Atem stockte und viele unter ihnen der Ansicht waren, dass ein normaler Mensch dazu nicht in der Lage war.

Die Wahl fiel auf ein Tier. Zumindest hatten das die Fachleute erklärt, die sich damit beschäftigten und die Leichen untersucht hatten.

Irgendein Tier, das ausgebrochen war. Aus seinem Käfig, aus einem Zoo oder wo auch immer.

Sie machten es sich zu einfach. Wäre das der Fall gewesen, dann hätte es auffallen müssen. So waren dann diese Experten ratlos.

Es gab auch andere. Menschen, die sich bestimmte Gedanken machten und sie für sich behielten, weil sie die nicht an die große Glocke hängen wollten.

Aber diese Menschen taten etwas. Zumindest einer von ihnen rief in New York an, um sich dort mit dem Chef des FBI in Verbindung zu setzen. Es waren besondere Morde passiert. Um sie aufzuklären, mussten auch besondere Wege beschritten werden ...

Manchmal wusste der FBI-Agent Abe Douglas nicht, ob er New York hassen oder lieben sollte. Es gab Tage oder Zeiten, da liebte er die Stadt der Neurotiker und Paranoider, in der die Menschen entweder nach oben oder nach unten fuhren.

Dann gab es Zeiten, in denen er New York hasste. Mochte es auch noch so sehr im weihnachtlichen Glanz erstrahlen, er empfand daran keine Freude.

Es lag nicht daran, dass er nichts für Weihnachten übrig hatte und ein Fest-Hasser war. Ihm ging der Verkehr auf die Nerven. All die unzähligen Touristen, die gerade um diese Zeit in die Stadt einfielen, als gäbe es woanders in der Welt nichts zu sehen und zu kaufen. Dann standen sie da und staunten über den perfekt inszenierten Werberummel. Sie starrten den größten Weihnachtsbaum der Welt an, als könnte er ihnen die Erlösung bringen und auch die Ruhe, nach der sich wohl jeder Mensch sehnt.

Nichts davon trat ein. Die Geschäfte und Kaufhäuser lockten mit den überteuerten Angeboten, und die Menschen ließen sich nur allzu gern verführen.

Designerläden hatten ihr verlogenstes Gesicht aufgesetzt und gaukelten die heile Welt zu überteuerten Preisen vor.

Nicht alle New Yorker machten einen Bogen um diese Geschäfte, denn viele wollten mithalten. Aber Abe Douglas gehörte zu den Menschen, die das nicht störte. Außerdem hatte er seinen Job zu machen. Da war es egal, ob New York ein weihnachtliches Bild zeigte oder nicht. Gangster und Mörder nahmen keine Rücksicht darauf.

An diesem Morgen hatte Abe Douglas es besonders eilig. Aus Washington war ein hohes Tier vom FBI eingetroffen, um ihn zu sprechen. Auch sein Chef war mit anwesend, sonst niemand.

Douglas wusste nicht, um was es genau ging. Aber er konnte sich vorstellen, dass man ihm wieder ein Himmelfahrtskommando aufbürden würde, was er gewohnt war, denn er gehörte zu den Spezialisten, die man rief, wenn gewisse Mittel versagten.

Douglas war überpünktlich. Minuten vor dem Treffen betrat der blondhaarige FBI-Agent mit dem ewig jungenhaften Lächeln das Vorzimmer.

Sonja, Brasilianerin, fast dunkelhäutig und toll aussehend, empfing ihn mit einem Lächeln.

»Morgen, Schönheit, bin ich zu spät?«

»Nein, Abe, aber du musst noch warten.«

»Warum das?«

»Die beiden Herren geben Bescheid.«

»Aha.« Er setzte sich so, dass er Sonja anschauen konnte. »Super siehst du aus.«

»Danke.«

»Ist das Kostüm neu?«

»Nein, Abe. Ich habe es schon öfter angehabt, aber dir fällt so etwas ja nicht auf.«

»Lieber zu spät als überhaupt nicht. Orange steht dir übrigens ausgezeichnet.«

»Danke.«

Er wurde wieder sachlich. »Weißt du eigentlich, worum es geht?«

»Nein.«

»Ehrlich nicht?«

»Ich würde es dir sagen.«

»Ja, das stimmt.«

»Muss aber eine heiße Kiste sein, wenn Thomas B. Franklin aus Washington extra antanzt.«

»Meine ich auch.«

»Du wirst mal wieder einen vollen Einsatz haben. Und das vor Weihnachten.«

Douglas hob die Schultern. »Wie geht es Ethan Grant denn? Er ist ja nie erfreut, wenn Washington ankommt?«

Grant war Abes Chef und auch der von Sonja. »Er hat es locker aufgenommen.«

»Keinen Ärger?«

»Nein.«

Douglas winkte ab. »Dann geht es wirklich um einen verflucht haarigen Fall.«

Er wollte ans Fenster treten und die weihnachtliche Skyline von New York aus der Höhe betrachten, aber die Tür zum Chefzimmer öffnete sich und sein Chef tauchte auf.

Ethan Grant war ein kleiner Mann. Oder relativ klein. Er trug eine Brille mit getönten Gläsern und liebte graue Anzüge. Abe hatte ihn nie anders gesehen. Selbst im Sommer nicht. Seine Augen waren immer schlecht zu sehen. Douglas hatte das Gefühl, dass er sich bewusst versteckte. Die Haare trug er gescheitelt und wirkte so manchmal wie ein braver Schuljunge.

Durch das Aussehen hatten sich schon manche Menschen täuschen lassen und später ein böses Erwachen erlebt.

»Gut, dass Sie schon hier sind, Abe.« Grant lächelte, was bei ihm selten vorkam. »Dann können wir ja gleich zur Sache kommen. Und keine Telefongespräche durchstellen, Sonja.«

»Verstanden, Sir.«

Ein großes Fenster, ein schlicht eingerichtetes Büro. Der PC, die Telefonanlage, eine Sitzgruppe, in die Wand eingebaute Aktenschränke und ein grauer Teppich.

Thomas B. Franklin stand sogar auf, als er Douglas die Hand reichte. Das tat er selten. Also musste es wieder große Probleme geben. Franklin war ein Mensch mit buschigen, grauen Haaren, ebenfalls buschigen Brauen und einem linken Ohr, dass aussah, als hätte mal ein Kampfhund daran geknabbert. Es war völlig verwachsen. Deshalb wurde der Mann aus Washington von seinen Mitarbeitern unter der Hand auch nur das ›Ohr‹ genannt.

»Setzen Sie sich, Mr. Douglas«, sagte Grant. »Möchten Sie einen Schluck Kaffee?«

»Nein, danke, ich habe schon heute Morgen genug davon getrunken.«

Die beiden Chefs schauten sich an. »Nun«, sagte Franklin, »dann können wir ja gleich zur Sache kommen.«

Es war wie immer. Mit den Vorreden oder Höflichkeiten hielt man sich nicht lange auf. Zwischen den Männern lag eine Akte auf dem Tisch, und Grant deutete mit der Hand dorthin. »Wir haben den Fall Unternehmen Wahnsinn genannt. Ist Ihnen das ein Begriff?«

»Nein, Sir.«

»Das wundert mich. Sollte man bei uns auch etwas geheimhalten können?«

»Ich jedenfalls bin nicht informiert.«

»Dann lesen Sie bitte.«

Abe Douglas nahm die Akte an sich. Er ließ sich zurücksinken und begann zu lesen. Er las nicht jeden Satz, sondern mehr quer, aber was dort geschrieben stand, das ließ ihm schon die Haare zu Berge stehen, und er merkte auch, dass sich in seinem Magen ein unbehagliches Gefühl ausbreitete.

Es ging um vier bestialische Morde. Begangen an vier FBI-Agenten. An Kollegen. Allein diese Tatsache trieb Abe Douglas das Blut in den Kopf, obwohl diese Information nicht neu war, denn die Taten hatten sich herumgesprochen.

Wenig später glaubte er sich in einen miesen Film versetzt, als er die Aufnahmen der Tatorte sah. Die Fotos waren in Farbe und in Schwarzweiß geschossen worden. Jede Grausamkeit kam voll zum Durchbruch, und Abe ließ die Akte sinken.

Er sah dabei aus wie sein eigener Geist. »Das ist ... das ist ...«, begann er.

»Die volle Wahrheit«, erklärte Ethan Grant.

»Ja, ich weiß. Aber wer hat es getan?«

Franklin schüttelte den Kopf. »Wie können Sie in Ihrer Eigenschaft als FBI-Agent eine derartig schlichte Frage stellen? Das hörte sich sehr laienhaft an.«

»So war es nicht gemeint, Sir. Vielleicht hätten Sie mich ausreden lassen sollen.«

»Bitte«, sagte Franklin etwas pikiert. Er gehörte zu

den Typen, die nicht gewohnt waren, Widerspruch zu bekommen. »Kann es ein Mensch gewesen sein? Oder ein Tier? Jemand, der eine Waffe besitzt und ...«

»Wir wissen es nicht«, sagte Grant. »Natürlich sind die Leichen untersucht worden. Man hat die Männer regelrecht zerfetzt. Lange Krallen. Spuren weisen darauf hin, dass es ein Raubtier gewesen sein muss. So sollte man denken.«

»Und Sie glauben das nicht, Mr. Grant?«

»Nein, nicht so sehr.«

»Ich auch nicht.«

»Was stört Sie?«

Abe Douglas räusperte sich. »Es stören mich zum einen die Morde als solche. Wie jeden vernünftigen Menschen. Dann die Art, wie die Menschen getötet wurden. Und letztlich, dass die vier Toten Kollegen von mir gewesen sind. Was auf der anderen Seite auch einen Vorteil bedeuten kann. Wir müssen die Person fassen, die etwas gegen uns als FBI-Agenten hat.«

Die beiden anderen Männer stimmten zu. Es war ja nichts Neues aus dem Mund des Mannes gedrungen.

»Wie weit sind Sie in den Ermittlungen?«, wandte sich Douglas an seinen New Yorker Chef.

Grant räusperte sich. »Die Taten wurden nicht nur in einer Stadt begangen. Sie verteilten sich über das gesamte Land. Davon sind Großstädte und kleinere Orte im Mittleren Westen auch nicht ausgenommen. Die Spur zieht sich von Ost nach West. Die Opfer waren immer Kollegen von uns. Es muss jemand geben, der diese Kollegen hasst. So hasst, dass er sie brutal umbringt.«

Abe runzelte die Stirn. »Haben Sie da schon eine Spur gefunden? Gibt es jemand, der möglicherweise diesen Hass auslebt?«

»Wir kennen ihn nicht.«

»Hinweise?«

»Keine konkreten.«

»Gemeinsamkeiten?«

Grant schaute seinen Chef aus Washington an. Der übernahm die Antwort. »Nein, wenn ich mir den Beruf anschaue. Oder ja, denn die Männer waren in ihrem Job sehr erfolgreich. Man konnte sich wirklich auf sie verlassen. Sie waren einsame Spitze, wie man so gern sagt. Eine hervorragende Aufklärungsquote. Männer, auf die das Land stolz sein kann. Das alles trägt nicht zur Aufklärung mit bei. Weitere Gemeinsamkeiten sind das Alter. Sie alle waren um die fünfunddreißig Jahre.«

»Haben Sie sich untereinander gekannt?«, fragte Abe.

»Ja. Von Lehrgängen her.«

»Nicht schlecht.«

Thomas B. Franklin winkte ab. »Diese Spur haben wir auch bereits verfolgt, aber sie lief ins Leere. Der Kontakt ist später abgebrochen. Sie haben sich dienstlich wohl noch getroffen, mehr allerdings nicht. Zumindest wissen wir das nicht. Die Morde passierten in Oregon, in California, in Florida und der letzte in einem Motel im mittleren Westen, nicht weit von Topeka entfernt. Dort wurde Gaston Miller getötet.«

»Der Name sagt mir nichts«, gab Abe zu. »Auch die anderen sind mir unbekannt.«

»Jedenfalls reichen die Taten. Ich will nicht, dass noch jemand aus unseren Reihen auf diese Art und Weise stirbt. Es ist eine Herausforderung an unsere Institution. An unser Land, sage ich sogar. Es ist einfach grauenvoll, dass so etwas überhaupt geschehen kann. Wir müssen dieses Tier fangen.«

»Tier?«, wiederholte Douglas murmelnd.

»Nennen wir es mal so.«

»Sie sind nicht davon überzeugt, dass die Kollegen durch ein Tier getötet wurden?«

Thomas B. Franklin schaute mit seinem scharfen Blick ins Leere. »Es ist schwierig«, gab er zu.

»Was sagen die Experten? Die Profiler, die sich mit den Fällen beschäftigt haben? Oder die Pathologen und Forensiker? Es muss Spuren geben ...«

»Nein!«, sagte der Mann aus Washington scharf.

»Nicht?« Abe konnte sich nur wundern. Er hätte beinahe aufgelacht, doch er beherrschte sich.

Da Ethan Grant von seinem Chef kurz und scharf angeblickt worden war, übernahm er wieder das Wort. »Es gibt Spuren, die auf etwas Bestimmtes hindeuten.«

Der Mann hatte ruhig gesprochen. Trotzdem war Abe Douglas die Nervosität nicht entgangen, die in den Worten mitgeschwungen hatte. Man stand unter großem Erfolgsdruck. Grant räusperte sich. Er trank einen Schluck Wasser, das bereit stand. Erst dann sprach er wieder. »Die Spuren, die gefunden wurden, deuteten auf etwas ganz Bestimmtes hin. Auf eine Spezies, die es nicht geben kann.«

Abe Douglas sagte nichts. Er blickte die beiden Männer nur an. Ihm entging nicht, wie blass die beiden geworden waren. Für ihn stand fest, dass sie sich allmählich einem Punkt näherten, der für die Fälle sehr wichtig war.

»Es waren Haare, Abe.«

Wie Grant dies gesagt hatte, ließ darauf schließen, dass es sich um keine normalen Haare handeln konnte. Und Douglas erhielt auch wenig später die Bestätigung.

»Die Haare eines Tiers. Besser gesagt, die eines Tiers, das den Namen Wolf trägt.«

Abe schwieg. Mach einigen Sekunden und nachdem er ebenfalls einen Schluck Wasser getrunken hatte, wiederholte er: »Wolf?«

»So ist es.«

»Es gibt Wölfe in den Staaten und ...«

Ethan Grant unterbrach seinen Mann mit einer schroffen Handbewegung.

»Ich denke da an eine bestimmte Art von Wölfen, wenn Sie verstehen, Abe.«

Er verstand. Er wusste plötzlich, weshalb man ihn hinzugezogen hatte. »Werwolf?«

Grant zuckte mit den Schultern.

Abes Blick glitt zu Franklin. Der Mann saß auf seinem Stuhl wie ein Denkmal. Er enthielt sich eines Kommentars und sah aus, als wäre ihm diese neue Art des Themas unangenehm.

»Ist das sicher?«, erkundigte sich Abe Douglas.

»Man weiß es nicht.«

»Wie sehen die Analysen denn aus? Welche konkreten Ergebnisse gab es?«

»Keine guten. Sowohl als auch. Eine Mischung aus Mensch und Tier. Auf der einen Seite der Wolf, auf der anderen der Mensch. Hinzu kommt, dass die Wissenschaftler darin übereinstimmen, dass die Haare von einem Frauenkörper stammen und zugleich von einem Tierkörper. Als Frau und Wölfin.«

»Dann haben wir es möglicherweise mit einer Werwölfin zu tun. Wollen Sie darauf hinaus?«

»Das haben Sie gesagt«, erwiderte Grant. Er lächelte Abe kurz zu. Ein Zeichen, dass ihm dessen Antwort nicht so fremd war.

»Mit einem Wesen«, meldete sich der Mann aus

Washington, »dass es nicht geben kann oder darf. Dass das Fantasieprodukt eines Autors ist. Oder einer alten Legende, an die man als aufgeklärter Mensch wohl kaum glauben kann.«

»Sie ziehen es trotzdem in Betracht, Sir.«

Thomas B. Franklin zuckte die Achseln. »Ich habe mich belehren, jedoch nicht überzeugen lassen, sagen wir es mal so. Ich sitze hier, und ich weiß, dass das, was wir hier besprechen, unter uns bleibt. Ich habe zudem von Ihren Erfolgen gehört, die Sie auf bestimmten Gebieten errungen haben, Mr. Douglas. Ich kann nicht alles unterschreiben, hoffe allerdings, dass ungewöhnliche Tatsachen durch ungewöhnliche Maßnamen aufgeklärt werden können. Wie gesagt, ich glaube nicht an Werwölfe, aber ich habe abgewogen. In Anbetracht der Wichtigkeit der Fälle müssen wir neben den offiziellen auch ungewöhnliche Wege gehen. Das heißt, die Konzentration auf das eigentlich Unmögliche. Sie haben mich sicher verstanden.«

Abe Douglas nickte. »Natürlich. Verstanden habe ich. Es ist alles im grünen Bereich. Außerdem hin ich es gewohnt, ungewöhnliche Wege zu gehen und auch Erfolg zu haben, wie Mr. Grant schon sehr richtig bemerkte.« Er wandte sich an seinen New Yorker Chef. »Sie sind ebenfalls der Ansicht, dass es um eine Bestie geht, die man als Wölfin ansehen kann.«

»Sagen Sie ruhig Werwölfin.«

»Gut.«

»Wir können uns natürlich geirrt haben«, sprach der Mann weiter. »Sogar schwer geirrt. Aber wir dürfen nichts außer Acht lassen. Vier tote Kollegen! Wenn die Presse diesen Zusammenhang erfährt, wird man uns der Unfähigkeit bezichtigen. Deshalb sollten die Untersuchungen von Ihrer Seite aus im Geheimen durchgeführt werden. Nicht so offiziell. Aber das brauche ich Ihnen ja nicht zu sagen.«

Douglas wusste Bescheid. Er stellte noch eine für ihn wichtige Frage. »Wenn es dann so ist, dass die Kollegene durch ein Bestie ums Leben gekommen sind, dann muss ich noch fragen, ob es möglicherweise Zeugen gegeben hat.«

»Nein!«

»Das Tier wurde nicht gesehen?«

»Nein!«

»Und der Mensch? Die Frau? Sollte es denn wirklich eine sein?«

»Wenn ja, ist sie nicht aufgefallen«, erklärte Ethan Grant. Drei Kollegen sind an recht einsamen und menschenleeren Plätzen getötet worden. In Oregon erwischte es den Mann beim Angeln. In Kalifornien auf einer einsamen Landstraße. In Florida fand man den Toten auf einem Ponton liegend. Nur in der Nähe von Topeka wurde Gaston Miller in einem Motel getötet.«

»Das lässt hoffen, das die Ermittlungen ...«

Grant schüttelte den Kopf. »Nein, lässt es nicht. Es gab keine Zeugen. Außerdem waren die meisten Gäste schon abgereist, als man den Toten im Zimmer fand. Man hat nicht herausfinden können, wer in diesem Motel alles zu fraglichen Zeit gewohnt hat. Sie sehen, die Probleme sind nicht eben kleiner geworden.«

»Ja, das stimmt.« Abe hob die Schultern. »Wenn ich mir alles so durch den Kopf gehen lasse, dann weiß ich beim besten Willen nicht, wo ich ansetzen soll. Außerdem ist es kein Vergnügen, einen Werwolf oder eine Werwölfin zu jagen.«

Ethan Grant nickte bestätigend. »Da sagen Sie

etwas, Abe. Genau über dieses Thema habe ich mit Mr. Franklin gesprochen und ihm auch gewisse Dinge klargelegt. Wir stimmen darin überein, dass die Aufklärung der Fälle höchste Priorität besitzt. Es muss alles getan werden, und wir werden auch ungewöhnliche Wege gehen. Ich konnte ihn davon überzeugen, dass es jemand gibt, der sich ebenfalls oder noch besser als Sie in einem bestimmten Genre auskennt. Sie wissen, wen ich da meine?«

»John Sinclair natürlich.«

»Genau!«

Abe Douglas lächelte. »Sie nehmen mir das Wort aus dem Mund. Auch ich hätte vorgeschlagen, ihn mit einzubeziehen, denn er ist tatsächlich ein Experte. Nach dem letzten Fall allerdings weiß ich nicht, ob er davon begeistert ist, ins Land zu kommen. Schließlich hat man ihn dort von staatlicher Seite aus in diese Festung gesteckt, wo er so gut wie lebendig begraben war.«

»Halbstaatlich«, korrigierte Ethan Grant. »Außerdem ist es gut ausgegangen.«

»Stimmt. Im letzten Augenblick.«

»Sie sagen ihm Bescheid?«

»Natürlich, Sir.«

»Dann hätten wir dieses Problem gelöst.« Ethan Grant atmete auf und ließ sich zurücksinken. Er schnaufte durch die Nasenlöcher. Ein Zeichen das er erleichtert war.

Die nächste Antwort galt beiden, als Abe sagte: »Erwarten Sie trotzdem keine Wunderdinge, denn die Fakten bleiben gleich. Es ist einfach zu wenig.«

»Da stimme ich Ihnen zu.«

Thomas B. Franklin, der eine Weile zugehört hatte, meldete sich zunächst durch sein Räuspern. »Wir haben alle Möglichkeiten durchgespielt«, sagte er dann. »Natürlich fiel uns auf, dass nur FBI-Agenten getötet wurden. Da suchten wir nach Parallelen. Nach Fällen, die die Männer gemeinsam gelöst haben. Aber es gab nichts. Trotzdem gibt es eine Übereinstimmung. Sie kannten sich. Sie waren zusammen auf der FBI-Akademie in Quantico. Ich denke, dass man dort einhaken soll.«

»Haben Sie das noch nicht getan?«

»Doch, Mr. Douglas. Es liegt schon zu lange zurück. Unterlagen haben wir genug gefunden. Sie sagen recht wenig aus. Und das Wenige ist zugleich nur das Offizielle. Jedenfalls haben sich die vier gut gekannt. Ob sie später im Beruf noch Kontakt gehabt haben, kann ich nicht sagen.«

»Waren Sie verheiratet?«

»Keiner von ihnen.«

»Das ist in diesem Fall nicht gut. Und wie sieht es mit irgendwelchen Freunden und Verwandten aus?«

»Wir haben uns auch dort erkundigt und sind leider zu keinem Erfolg gekommen.«

Abe Douglas schüttelte den Kopf. »Dann hat diese Person möglicherweise wahllos getötet.«

Franklins Blick wurde scharf. »Glauben Sie das wirklich, Mr. Douglas?«

»Nein. Sonst hätte sie auch Menschen mit anderen Berufen umgebracht.

»Sie bleiben beim *sie*?«

»Ja, weiblich. Ich verlasse mich da ganz und gar auf die Analyse der Experten.«

»Da werden Sie wohl Recht haben. Aber sie zu finden ist wahnsinnig schwer. Wir sind natürlich auf der Hut und hegen zudem gewisse Befürchtungen.«

»Dass es zu einem fünften Mord kommen könnte, denke ich.«

»Genau das ist es.«

Abe schaute zur Seite. Er hatte ebenfalls in diese Richtung gedacht. Aber wer käme als Opfer in Frage? Auch jemand aus dieser Gruppe in Quantico? Den Beweis hatte er nicht, aber er wurde das Gefühl nicht los, dass man dort einhaken musste.

»Es gibt noch einen Namen«, erklärte Franklin. »Möglicherweise kommen Sie damit weiter.«

»Ich höre.«

»Ken Russell.«

Abe zuckte mit den Schultern. »Tut mir Leid, aber dieser Name sagt mir nichts.«

»Er war damals Ausbilder. Inswischen ist er ein Veteran. Pensioniert. Im Berufsleben hat er immer alles richtig gemacht, später dann nicht mehr. Ich weiß nicht genau, wie es passierte, aber er verunglückte mit seinem Wagen so schwer, dass er in einem Rollstuhl sitzen muss. Leider hat auch sein Gehirn darunter gelitten. Er ist nicht mehr richtig im Kopf und lebt in einem Heim, das von der Regierung finanziert wird.«

»Wo finde ich ihn?«

In einem kleinen Ort in der Nähe von Washington. Er heißt Robertville. Wirklich idyllisch gelegen. Ein Paradies. Leider können es die meisten Kranken nicht so wahrnehmen.«

»Gut, Sir. Ich werde hinfahren.«

»Allein?«, fragte Ethan Grant.

»Nein. Wenn es geht, dann mit John Sinclair. Ich möchte ihn von Beginn an mit dabeihaben.«

Dagegen hatten die beiden nichts. Abe Douglas wollte trotzdem wissen, ob dieser Ken Russell schon verhört worden war. Er erhielt die Bestätigung und zugleich die Antwort, dass er möglicherweise mehr herausfand.

»Es ist ein Versuch, nicht mehr.«

Franklin erhob sich. Er wollte gehen und verabschiedete sich. Ethan Grant und Abe Douglas blieben zurück, beide nicht eben mit fröhlichen Gesichtern.

Der G-man füllte seinen Becher bis zur Hälfte mit Wasser und trank in kleinen Schlucken. Sein Blick war auf das Fenster gerichtet, doch auch dort malte sich keine Lösung ab.

»Sieht nicht gut aus, Sir.«

»Ich weiß.«

»Sind Sie von der Werwolf-Theorie überzeugt?«

Grant zuckte die Achseln. »Überzeugt kann man nicht sagen, Abe. Ich denke, es ist eine Möglichkeit, die uns die Wissenschaft gegeben hat. Wolfshaare wurden gefunden, aber man sah keinen Wolf. Es gibt sie, ja, in Oregon schon, aber nicht in Florida und auch nicht in California oder in Oklahoma, in der Nähe von Topeka. Jedenfalls hat man dort noch nie in den letzten Jahren ein derartiges Tier gesehen. Nur sind die Beweise eindeutig. Denen müssen wir uns eben stellen. Daran gibt es nichts zu rütteln.«

Abe Douglas stand auf. »Okay, Sir, ich werde mein Bestes geben. Vier tote Kollegen reichen.« Er kraulte sein Kinn. »Obwohl ich auch über etwas Bestimmtes nachdenke, wenn ich ehrlich sein soll.«

»Bitte, ich höre.«

»Ich habe in meinem Berufsleben noch nie eine Tat erlebt, die wirklich ohne Motiv geschah.«

»Kann ich nachvollziehen. Sie vermuten hinter diesen Taten ebenfalls ein Motiv.«

»Und zwar immer das gleiche.«

Abe Douglas holte tief Luft. »Auch wenn Sie nicht davon überzeugt sind, ich denke daran. Rache. Etwas anderes kann ich mir nicht vorstellen. In der Vergangenheit muss etwas passiert sein, das zum Tod der vier Kollegen geführt hat. Oder haben Sie eine andere Idee?«

»Bis jetzt nicht. Wir können uns nur die Daumen drücken und hoffen, dass nicht noch ein fünfter Mord geschieht.«

Ich war wieder in den Staaten. In Amerika. In einem Land, in das mich der beruflich bedingte Wind schon öfter hineingeweht hatte. Es gab für mich nicht nur positive Erinnerungen an dieses Land, denn zuletzt hatte man mich so gut wie lebendig begraben und auch meinen alten Freund Abe Douglas aus dem Verkehr gezogen. Darüber sprachen wir nur wenig, als wir uns auf die Reise zu diesem Veteranen-Heim machten, das in einer ländlichen und idyllischen Gegend in der Nähe von Washington D.C. lag.

Es war kälter als bei uns in London, wo der starke Regen wieder für Überschwemmungen gesorgt hatte. Ich genoss das Wetter, denn diese Kälte hatte für einen klaren und hellen Himmel gesorgt, an dem eine herrliche Wintersonne stand.

Die Begrüßung zwischen uns beiden war sehr freundschaftlich ausgefallen. Irgendwie freuten wir uns beide, dass wir noch lebten. Auf der Fahrt war Zeit genug, einige private Nachrichten auszutauschen, doch der Job ließ uns nicht los.

Am Telefon hatte ich schon erfahren, um was es ging. Möglicherweise mussten wir einen Werwolf oder eine Werwölfin jagen, aber sicher war das nicht.

Den Kollegen ging die Muffe, um es mal so locker zu sagen. Vier tote FBI-Agenten. Das war eine schlimme Serie. Möglicherweise hatte sie das Ende noch nicht erreicht, sodass noch einige hinzukamen, was Abe und ich natürlich nicht hofften.

Er hatte mir berichtet, was die Experten und Kriminologen herausgefunden hatten. Und das war herzlich wenig. Spuren hatte es gegeben. Sie jedoch als Mittel zur Lösung einzusetzen war mehr als schwierig. Wer setzte sich schon als Polizist mit Werwölfen auseinander? Da gab es nicht viele.

Ich gönnte mir ein kurzes Nickerchen. Der Jetlag war zwar nicht schlimm, aber Schlaf kann man immer gebrauchen. Abe würde mich schon früh genug wecken.

Es war genau zwei Stunden später, als ich von allein erwachte. Wir standen. Ich fand mich im ersten Moment nicht zurecht, weil ich aus dem Schlaf gerissen worden war. Deshalb schaute ich auch etwas dumm aus der Wäsche.

Am Ziel waren wir nicht. Wir hatten an einer Tankstelle gehalten, zu der auch ein großes Restaurant gehörte, das jenseits der Zapfanlagen auf einem kleinen Hügel lag, von Mischland umgeben war und im hellen Licht der Sonne schimmerte. Besonders die Pfannen des roten Schindeldachs.

Ich kletterte aus dem Ford mit der silbergrauen Lackierung, blieb stehen und reckte mich.

»Wieder voll da?«, fragte Abe, der den Tankschlauch einhängte und in einer Hand seine Kreditkarte hielt.

»Fast.«

»Hast du Hunger?«

»Ein wenig.«

»Wir können in das Restaurant gehen und ...«

»So groß ist er auch nicht.«

»Okay, dann bringe ich was mit.«

»Wie lange müssen wir denn fahren?«

»Nicht mehr als eine halbe Stunde.«

»Reicht.«

Ich bewegte meine Knochen und atmete die herrlich kühle Luft ein. In diesen Momenten hatte ich tatsächlich das Gefühl einer großen Freiheit. Ein weites Land und hier auch ein schönes Land, dass durch den Schein der Sonne noch verschönert worden war. Ich fühlte mich wirklich wohl.

Abe Douglas kehrte zurück. Er hatte einen Sechserpack Wasser und auch etwas zu essen mitgebracht. Zwei Hamburger, in der Mikrowelle aufgewärmt, aber lecker.

Wir aßen sie noch auf dem Gelände der Tankstelle und hatten nur den Bereich der Zapfsäulen verlassen.

Ich stellte meinem Freund eine Frage. »Weiß dieser Ken Russell eigentlich über unseren Besuch Bescheid?«

»Nein.«

»Und du hast dich auch offiziell nicht angemeldet?«

»Wie käme ich dazu? Ich liebe Überraschungen. Ich weiß nur, dass er in diesem Heim lebt. Der Unfall hat ihn stark mitgenommen. Das war schon einschneidend gewesen. Überlege mal. Ein Ausbilder , der nach seinem Ausscheiden aus dem Dienst diesen Absturz durch einen Unfall erlebt. Das ist schwer zu verkraften, John.«

»Stimmt. Ich denke nur, dass wir unsere Schwierigkeiten damit haben werden, wenn er sich nicht mehr richtig erinnern kann. Dann wäre der Besuch umsonst gewesen.«

»Ich sehe das optimistischer.«

»Weil dir nichts anderes übrig bleibt?«

»Genau, John.«

Wir warfen den Papiermüll in eine kleine Tonne und fuhren wieder los. Getrunken hatten wir auch etwas, und so rollten wir hinein in diese wunderschöne Landschaft, in der sich die Sonne allmählich dem Untergang entgegenneigte und die Schatten immer länger wurden. In dieser Gegend gab es viele Birkenwälder. Die Bäume hatten ihr Kleid aus gelbem Laub längst verloren. Nur noch die bleichen Stämme ragten empor. Der Eindruck eines aus Skelettarmen bestehenden Waldes drängte sich in mir hoch.

Es hatte in den Nächten zuvor schon Frost gegeben, doch die glatten Stellen auf der Straße waren längst getaut. Die Straße wand sich in weiten Kurven durch die Hügellandschaft. Hier wirkte alles großzügiger als in England.

Wir fuhren dem Ende eines sehr langen Hügels entgegen. In den noch mit Sonnenlicht erfüllten Lücken zeichnete sich an bestimmten Stellen der Umriss eines Gebäudes ab.

»Unser Ziel«, erklärte Abe.

»Liegt es an der Straße?«

»Ich habe mich erkundigt. Es gibt einen Privatweg, den wir nehmen können.«

»Wunderbar.«

Der Weg war nicht zu übersehen. Das große Schild wies darauf hin, wo er endete.

Wir fuhren nach rechts. Wenige Meter weiter schon mussten wir anhalten, weil ein geschlossenes Tor uns den Weg versperrte. Ich sah eine Kamera, die uns beobachtete und das Bild wohl auf einem Monitor widergab, der in einem kleinen Glashaus stand. Dort bewegte sich jemand, der seine Hütte verließ und auf der anderen Seite des Tores stehenblieb.

Abe Douglas war ausgestiegen. Er sprach mit dem

Mann, der aussah wie ein Preisringer. Ich sah auch, wie Abe seinen Ausweis zeigte, ein Nicken erntete und uns anzeigte, dass wir den weiteren Weg fahren konnten. Der Mann verschwand wieder in seinem Haus und öffnete von dort aus das Tor. Freie Fahrt.

Wir rollten in einen Park hinein. Zumindest kam mir die Anlage so gepflegt vor. Da gab es nichts, was gestört hätte. Kein Laub auf den Wegen oder Rasenflächen, keine abgerissenen Zweige oder kleinere Äste. Beinahe steril kam mir die Umgebung vor, und auch der geschmückte Tannenbaum kam mir hier irgendwie fehl am Platze vor.

Überall an strategisch wichtigen Stellen standen helle Bänke, die auch in der kalten Jahreszeit nicht weggeräumt werden mussten. Das Haus selbst machte auch von außen den perfekten Eindruck. Steril und staublos. Knochenweiß leuchtend. Zimmer mit Balkonen, die zum Park hin lagen. Ein großer Eingangsbereich, fast schon ein Portal, und davor fanden wir auch einen freien Parkplatz.

Hier stellten wir den Wagen ab und stiegen aus.

Zur Begrüßung erschien keiner. Es befand sich auch niemand an der frischen Luft. Das Haus und der Park schienen eingeschlafen zu sein.

Aber es gab eine Pforte. Und dort wurden wir von einer älteren und freundlich lächelnden Frau erwartet. Der Torwächter hatte uns angemeldet.

Die reichte uns ihre Hand. Sie trug ein dunkelblaues Kostüm und stellte sich als Ruth Wagoner vor.

Auch wir nannten unsere Namen und schauten dann in das fragende Gesicht, dessen Haut von einer dünnen und gar nicht auffälligen Schminke bedeckt war.

»Was kann ich denn alles für die Polizei tun?«

Etwas verlegen strich sie über das nach hinten gekämmte Haar. »So oft haben wir keinen hohen Besuch, und vom FBI erst recht nicht.«

»Es geht uns nur um Ken Russell«, sagte Abe.

Mrs. Wagoner zog ein trauriges Gesicht. »Ja, ein tragischer Fall. Ein so agiler Mann, und dann dieser schreckliche Unfall. Manchmal geht das Schicksal schon ungewöhnliche Wege.«

»Kann man sich denn mit ihm unterhalten?«, fragte ich.

Die Frau lächelte. »Was man so Unterhaltung nennt«, erwiderte sie. »Manchmal ist er gut drauf. Dann wieder verfängt er sich in seinen eigenen Gedanken, die nicht mehr die eines gesunden Menschen sind. Aber wir kümmern uns intensiv um ihn und erleichtern ihm das Leben wirklich.«

»Ja, Ihr Heim hat einen guten Ruf!«, lobte Abe. »Wenn sie uns jetzt zu ihm bringen könnten.«

»Selbstverständlich – folgen Sie mir bitte.«

Es war alles freundlich und hell eingerichtet. In vielen Heimen gab es diesen alten Muff, der war hier nicht zu spüren. Man konnte schon von einem Sterne-Hotel sprechen. Wer wollte, konnte eine Treppe benutzen, wer zu schwach war, der nahm den Aufzug.

Wir gingen über die breiten Stufen einer Treppe in die erste Etage. Mir fiel auf, dass uns kein Mensch entgegenkam. So freundlich dieses Haus in seinem Innern auch wirkte, es war irgendwie tot. Völlig ohne Leben. Darauf sprach ich die Frau an.

»Das täuscht im Moment. Unsere Gäste sind beim Essen. Sie können die Mahlzeiten auf den Zimmern einnehmen, aber auch in unserem Gemeinschaftssaal an der Rückseite. Sie haben da die freie Auswahl und finden das auch gut.«

»Sehr schön«, lobte ich.

In der ersten Etage erwartete uns ein breiter Gang. Helles Licht, helle Wände und Türen. Bilder mit freundlichen Motiven. Man hatte auf ihnen die Umgebung des Heims verewigt. Es war hier alles wirklich nur freundlich. Schon zu freundlich für meinen Geschmack. Probleme schienen ausgeklammert worden zu sein. Das war für mich schlichtweg zu unnatürlich.

Ruth Wagoner, die uns nur bis zur Schulter reichte, blieb vor einer hellen Tür stehen. Sie klopfte zweimal unterschiedlich laut. Ob sie eine Aufforderung gehört hatte, bekamen Abe und ich nicht mit. Jedenfalls drückte sie die Klinke und öffnete dann.

Wir sahen ein großes Zimmer. Unser Blick fiel auf ein Fenster, hinter dem einer dieser Balkone lag, die wir bei der Ankunft gesehen hatten. Die Tür war nicht geschlossen. Durch sie war der Mann im Rollstuhl gefahren, der seinen Untersatz allerdings verlassen hatte und auf dem Balkon stand. Er drehte uns den Rücken zu. Der Blick glitt hinein in den Park.

Ich wunderte mich. »Ist das bei Ken Russell normal?«

»Nein«, flüsterte Mrs. Wagoner, die ihre Überraschung verdauen musste. Sie schüttelte den Kopf. »Das kommt nur äußerst selten vor. In der letzten Zeit schon gar nicht.« Sie hob die Schultern. »Ken muss einen Kraftschub erhalten haben.«

Wir gingen durch das Zimmer und sagten zunächst nichts. Auf einem Tisch stand ein leergegessener Teller. Der Raum selbst war als Schlaf- und Wohnzimmer eingerichtet worden. Die Möblierung sah nicht eben billig aus. Wer hier lebte und gepflegt wurde, musste schon ordentlich zahlen.

In der offenen Balkontür blieben wir stehen. Vor uns lag die kleine weiße Veranda, die mich an die Häuser in den Südstaaten erinnerte, nur etwas kleiner.

Der Park lag vor uns, und unsere Blicke glitten bis hinüber zu den Birkenwäldern.

Ruth Wagoner legte einen Finger auf die Lippen und flüsterte dann: »Lassen Sie mich mit ihm sprechen. Sie kennt er nicht. Er scheint etwas durcheinander zu sein.«

Da hatte sie wohl Recht. Uns beiden war nicht entgangen, dass der ältere Mann mit sich selbst sprach. Wir sahen seinen Rücken und erkannten, dass er früher mal die Figur eines durchtrainierten Sportlers gehabt haben musste. Jetzt waren die breiten Schultern eingesackt. Sie wurden von dem braunen Stoff einer Jacke mit kleinem Karomuster bedeckt. Das Haar wuchs sehr lang bis in den Nacken hinein. Es hatte die Farbe vom schmutzigem Eis.

»Seltsam?«, flüsterte Abe mir zu.

»Kann ich noch nicht sagen.«

Mrs. Wagoner blieb hinter Russell stehen. Beim Luftholen bewegte sich ihr Rücken, und erst dann sprach sie den Mann an.

»Mr. Russell, wie können Sie nur bei dieser Kühle auf den Balkon fahren. Und Sie sind sogar aus dem Rollstuhl gestiegen. Das ist ja ... ich weiß nicht, was ich sagen soll.«

»Stören Sie mich nicht!«

»Bitte, ich weiß ja ... aber ich meine es nur gut mit Ihnen. Setzen Sie sich wieder. Außerdem haben Sie Besuch.«

»Gehen Sie! Das ist mein Zimmer. Das ist meine Veranda. Machen Sie sich aus dem Staub.«

»Aber Sie haben Besuch.«

»Na und?«

»Zwei Herren.«

Auf mich machte dieser Mensch keinen so geistig abnormen Eindruck. Es konnte sein, dass er auf Grund seiner Krankheit verbittert wer, aber das Gehirn spielte noch mit. Er hatte sich eben nur andere Denkmodelle einfallen lassen.

»Bitte . . .«

Der Mann löste seine Hände von der Brüstung. Dann drehte er sich mit einer langsamen Bewegung nach rechts. Ruth Wagoner trat zur Seite, weil sie ihm nicht im Weg stehen wollte.

Ken Russell sah aus wie ein alter Indianer. Bestimmt floss in seinen Adern das Blut der Ureinwohner, die von den weißen Eroberern so schändlich behandelt worden waren. Ein flaches Profil, ein etwas breites Gesicht und ein schmaler Mund. Er stützte sich nach der Drehung am Rollstuhl ab, und wir konnten in seine noch sehr klaren und auch jung wirkenden Augen schauen. Ansonsten sah der große Körper gebrechlich aus.

Mit Worten kam er uns zuvor. »Ihr seid vom Fach, nicht? Das sehe ich euch an.«

»Ja!«, bestätigte Abe. »Sie haben Ihren scharfen Blick bewahrt, Mr. Russell.«

»Ich weiß.« Er hatte es sehr selbstbewusst gesagt, musste sich dann aber von Ruth Wagoner helfen lassen, um sich regelrecht in den Rollstuhl hineinzudrehen.

»Ich fahre Sie zurück ins Zimmer, Mr. Russell. Hier draußen ist es wirklich zu kalt.«

»Ja, ja . . .«

Wir gaben die Tür frei. Russell wollte an den Tisch gefahren werden.

Als er uns passierte, zwinkerte er uns verschwörerisch zu, während Ruth die Augen gegen die Decke verdrehte.

»Alles richtig so, Mr. Russell?«

»Ja, bis auf eines.«

»Bitte?«

»Gehen Sie jetzt. Ich will mit den Gentlemen allein bleiben. Es ist mein Besuch.«

»Keine Sorge«, sagte Ruth Wagoner. »Ich werde schon nicht stören. Darauf können Sie sich verlassen.«

»Das ist gut.« Mit einem Achselzucken verließ sie das Zimmer. So waren wir mit Russel allein.

Ich schloss noch die Balkontür, bevor ich mich zu Abe und Ken an den Tisch setzte.

»Wollt ihr Whisky?«

»Nein, danke.«

»Andere Kollegen trinken.«

»Wir nicht.«

Russell saß an der Stirnseite. Abe und ich an den breiteren. Auf dem Tisch stand noch immer der leere Teller. Ich schob ihn weiter weg und auch das leere Wasserglas.

Russell starrte ins Leere. »Ich soll euch helfen,wie?«

»Das wäre von Vorteil«, sagte Abe. Danach stellte er sich vor und nannte auch meinen Namen.

»Ihr seid mir fremd. Ist auch egal. Ich bin immer froh, wenn ich Besuch bekomme. Er schaute auf seine noch immer mächtigen Hände, die er leider nicht mehr so bewegen konnte wie ein gesunder Mensch. Sie waren gekrümmt und sahen aus, als wollte er jeden Augenblick nach etwas greifen.

»Man wollte Ihren Rat, nicht wahr?«, fragte ich.

Ken blickte mich zwingend an. »Nicht nur den. Man wollte auch meine Hilfe.«

»Vier Tote sind viel.«
»Zu viel«, sagte er.
»Und Sie kannten die Männer?«
»Natürlich. Alle. Ich habe sie in in Quantico unter meinen Fittichen gehabt. Ich habe sie ausgebildet und ihnen alles beigebracht. Sie waren gut, dank meiner Ausbildung.«
»Aber jetzt sind sie tot«, sagte Abe.
»Ja, das weiß ich. Man hat es mir gesagt. Ihre Kollegen waren hier. Sie mussten herausfinden, ob es irgendwelche Gründe gab, die zu ihrem Ableben geführt haben.«
»Konnten Sie ihnen helfen?«
»Nein.« Russell senkte den Kopf.
»Sie kennen die Gründe nicht?«, fragte Douglas.
»Wie das? Ich sitze hier und bin ein gebrochener Mann. Was sollte ich davon kennen?«
»Niemand wird ohne Motiv einfach nur so umgebracht«, hielt ich dagegen. »Da muss es Gründe geben. Vier FBI-Agenten. Ein Zufall ist das nicht.«
»Stimmt. Soweit waren die anderen Frager auch schon. Wer immer die vier Männer getötet hat, er muss sie irrsinnig gehasst haben.«
Wir haben Fotos gesehen«, sagte ich mit leiser Stimme. »Hat man Ihnen auch einige Aufnahmen von den Tatorten gezeigt?«
»Das hat man«, gab er zu.
»Wie lautet Ihr Kommentar?«
»Dass es kein normaler Mörder war«, flüsterte er.
»Ich weiß das. Man kann mir nichts erzählen. Das war eine Bestie, aber eine im wahrsten Sinne des Wortes. Wer sie fangen will, muss sich darauf gefasst machen, keinem Menschen zu begegnen.«
»Sondern?«

Er sah mich an. »Suchen Sie es sich aus, Sinclair.«
»So stark ist meine Fantasie nicht.«
»Sie fehlt euch, wie?«
»Nicht immer. Aber in gewissen Fällen schon.«
Der ehemalige Ausbilder schob seine Unterlippe vor und verfiel in Nachdenklichkeit. »Es gibt Menschen, die nur das glauben, was sie sehen. Warten Sie noch eine halbe Stunde ab. Dann werden auch Sie den vollen Mond am Himmel sehen.«
»Das ist selbstverständlich.«
»Aber wissen Sie auch, was dahinter steckt? Dass nicht nur einfach der Mond ist? Dass es geheimnisvolle Kräfte sind, die von den Menschen einfach ignoriert werden? Sie sehen den Mond, finden ihn entweder romantisch oder auch einfach nur kalt und haben keine Ahnung, was es tatsächlich bedeutet, wenn er so voll und rund am Himmel steht.«
»Sind Sie informiert?«
Er kicherte nach meiner Frage. »Ich gehöre einer anderen Rasse an. Darauf bin ich stolz. In meinen Adern fließt das Blut eines Apachen. Ich habe noch mit den Schamanen gesprochen, mit den Medizinmännern, die ihr Wissen von den Eltern und Großeltern übermittelt bekamen. Sie kannten sich in der Natur aus. Sie wussten auch, dass der Mond für manche Menschen gefährlich sein kann.«
»Sie sprechen bestimmt nicht das Mondsüchtigsein an.«
»Nein, Sinclair.«
»Die Verwandlung?«, flüsterte ich ihm zu und schaute ihm in die Augen.
Ich sah die Bewegung darin. Es war kein Strahlen, aber er passte schon auf. Dann zuckten seine Lippen, und er flüsterte mir zu: »Sollte hier am Tisch jemand

sitzen, der meine Worte ernst nimmt und nicht darüber lacht?«

»Sie können davon ausgehen.«

»Das ist gut«, flüsterte er, »und es ist noch besser, wenn dieser Mensch ein Polizist ist, der an die Verwandlung glaubt.«

»Zum Beispiel in einen Vampir«, sagte ich.

Seine Augen weiteten sich für einen Moment. »Sehr gut, Sinclair, ausgezeichnet. Wir haben schon die Hälfte der Strecke zurückgelegt. Aber es gibt noch mehr, das unter der Kraft des reifen und vollen Mondes entstehen kann.«

»Der Werwolf.«

Damit war ich beim Thema. Ich sah das Blitzen in den Augen. Er sprach noch leiser zu mir. »Es hat sich für mich angehört, als hätten Sie gewisse Erfahrungen damit.«

»Ich kann es nicht abstreiten.«

»Um so besser, Sinclair, um so besser. Manchmal muss man über den eigenen Schatten springen.«

»Was bedeutet das in diesem Fall?«

Russell zuckte mit den Schultern. Wir sahen, dass es ihm Mühe bereitete. »Ich überlasse es euch. Aber eines möchte ich euch noch sagen. Seid nie zu arrogant. Denkt niemals, dass ihr allein das Wissen gepachtet habt. Es stimmt nicht.«

Ken Russell machte auf uns den Eindruck, als wollte er nicht mehr sprechen, was uns nicht gefiel. Deshalb sagte Abe Douglas schnell: »Sie meinen also, dass wir nach einem Werwolf oder nach einer Werwölfin suchen müssen, wenn wir den Mörder der vier Agenten finden wollen. Ist das so?«

Er legte die Stirn in Falten und schaute bewusst an uns vorbei. Es fehlte nur noch das Pfeifen, dann wäre das Spielchen recht locker geworden. Darauf verzichtete er. »Ich bin müde«, sagte er stattdessen.

»Nein!«, hielt ihm Douglas entgegen. »Ich glaube nicht, dass Sie müde sind. Sie haben uns heiß gemacht, und Sie sollten jetzt nicht aufhören – bitte.«

»Lasst die Wahrheit in der Vergangenheit begraben, Freunde. Es ist besser so.«

»Und wenn wir nicht wollen?«

»Kann es euren Tod bedeuten. Alle Schuld muss immer beglichen werden. So ist das Leben.«

»Wer hat denn Schuld auf sich geladen? Die vier FBI-Agenten?« Diesmal ließ ich nicht locker.

»Ich bin nicht mehr im Dienst, Männer.«

»Das akzeptieren wir nicht. Man kann sein Polizistendasein nicht einfach so abschütteln. Das glaubt Ihnen niemand, Ken. Sie wissen etwas, ich spüre das. Sie wissen zwar nicht viel in diesen Mordfällen, doch das Wenige könnte uns schon weiter bringen.«

»Nein!«

»Wollen Sie denn, dass noch mehr sterben?«

»Das weiß ich nicht.«

Ich schaute ihm in die Augen. »Sie wissen es. Sie wissen mehr als Sie zugeben wollen.«

»Ich bin müde. Lassen Sie mich in Ruhe.«

»Vier Tote!«, sagte Abe mit lauter Stimme. »Vier Kollegen von Ihnen. Vier Menschen, die Sie ausgebildet haben, Mr. Russell. Das lässt doch tief blicken . . .«

»Ich habe viele ausgebildet.«

»Ja, aber alles läuft auf eine Serie hinaus. Oder ist schon eine Serie geworden. Haben Sie nicht von einer alten Schuld gesprochen, Mr. Russell?«

»Es könnte sein.«

»Aha. Und wer hat sich noch alles schuldig gemacht? Oder waren es nur die vier?«

Als er keine Antwort gab, wussten wir, das dieses Problem ihm nicht fremd war. Und er befand sich – das war ihm ebenfalls anzusehen – in einem inneren Zwiespalt. Er wusste nicht, ob er uns trauen konnte. Ein paar Mal rieb er seine flache Nase und sagte dann mit sehr leiser Stimme: »Sie waren zu fünft gewesen – damals.«

»Also lebt noch einer aus der Gruppe?«

»Ja.«

»Name?«

Nach einem leichten Zögern erhielten wir die Antwort. »Er heißt Clint Walker.«

Mir sagte der Name nichts, und auch Abe schüttelte den Kopf. »Sorry, aber da muss ich passen.«

»Sie werden ihn finden.«

Ich kam auf das andere Thema zurück. »Und was ist mit diesen fünf Agenten gewesen?«

»Sie waren eine Gemeinschaft in der Gemeinschaft. Sie haben alles gemeinsam getan.«

»Während der Zeit in Quantico?«

»So ist es?«

»Und danach?«

Russell lächelte. »Der Kontakt ist wohl nie abgebrochen. Mehr kann ich auch nicht sagen. Ich habe euch schon mehr erzählt als den Kollegen, deren Auftreten zu arrogant war. Sie nahmen mich nicht mehr für voll. Sie wollten meinen Rat nicht, und deshalb habe ich auch den Verrückten gespielt.« Bei diesen Worten spürten wir seine gesamte Bitterkeit, die ihn all die Jahre gequält hatte. »Sie hätten mich auch nach dem Unfall als Ratgeber behalten können. Sie haben es nicht getan. Und nun will ich nicht mehr, so Leid es mir auch für meine ehemaligen Schüler tut. Aber ich bin weder ihr Vater noch ihr Hüter. Sie sind für alles verantwortlich, was sie tun. Niemand nimmt ihnen jetzt noch etwas ab.«

»Was haben sie getan?«, fragte ich leise. »Was ist so schlimm gewesen, dass man sie der Reihe nach holt?«

Ihr müsst es herausfinden«, sagte er mit leiser Stimme. »Ich bin nicht mehr im Spiel.«

»Sie wissen etwas«, sagte Abe. »Bitte, noch einen letzten Tipp. Dann gehen wir!«

»Nein!«

Es klang endgültig, und wir ärgerten uns.

»Wissen Sie auch nicht, wo wir Clint Walker finden können?«

»Da brauchen Sie nicht weit zu fahren. Ich weiß, dass er in Washington geblieben ist. Er muss in der Nähe wohnen. Aber das könnt ihr leicht herausfinden ...« Er stieß sich von der Tischkante ab und rollte mit seinem Stuhl zurück. So brachte er räumliche Distanz zwischen sich und uns und deutete damit an, dass er nicht mehr bereit war, auch nur ein Wort zu sagen.

»Wir bedanken uns trotzdem«, sagte ich.

»Bitte. Keine Ursache. Wer mit mir reden will, dem gebe ich die Chance, wenn er nicht zu arrogant ist. Aber eine letzte Warnung noch. Unterschätzt nie etwas, auch wenn es noch so harmlos aussieht. Das habe ich meinen Schülern immer eingetrichtert.«

»Danke.«

»Wenn ihr geht, sagt Ruth, dass sie abräumen lassen soll. Ich ziehe mich wieder zurück.«

»Und wohin?«, fragte ich.

Plötzlich sah ich Tränen in seinen Augen. »Haut ab, ihr beiden. Geht hinein in eure Welt. Ich kann es nicht mehr. Ich liege bereits im Grab und bin so gut wie tot.«

Wir verließen schweigend das Zimmer. Zurück blieb ein verbitterter Mann, dem übel mitgespielt worden war.

Im Gang atmeten wir tief durch und schauten uns an.

»Immerhin haben wir einen Namen«, sagte Abe.

»Und eine Geschichte über Schuld und Sühne.«

»Ja, das auch.«

»Es geht um Rache. Um Rache an vier FBI-Agenten«, zählte ich auf. »Vielleicht sogar um fünf, wenn wir Clint Walker hinzuzählen. Das muss sich erst noch herausstellen.«

»Was können sie getan haben?«, fragte Abe Douglas. »Kollegen von mir? Verdammt, ich ...«

»Ruf ihn gleich an.«

»Und ob.«

Noch immer wirkte das Haus wie tot. Wir nahmen wieder die Treppe. Von unten hörten wir Stimmen. Dort stand Ruth mit einem Mann zusammen, der gekleidet war wie ein Jogger, wahrscheinlich aber zum Personal gehörte. Auf seinen kahlen Schädel hatte er eine Rose tätowiert. Das sahen wir, weil wir von oben auf ihn hinabschauten.

Als Ruth Wagoner unsere Schritte hörte, schickte sie den Mann weg und stellte sich vor die letzte Stufe. Lächelnd schaute sie uns entgegen.

»Nun, sind Sie klar gekommen?«

»Aber immer doch.«

»Das finde ich gut. Nicht jeder hat das Glück. Unser Freund Ken ist manchmal schwierig.«

Ich hob die Schultern. »Es kommt darauf an, wie man ihn behandelt, Mrs. Wagoner.«

Die Frau vereiste ein wenig. »Sollte das ein Vorwurf sein, Mr. Sinclair?«

»Nein, das war nicht gegen Sie gerichtet. Mr. Russell sprach von anderen Besuchern.«

»Ah ja, das hörte ich.«

Sie brachte uns noch zur Tür und lobte ihr Heim in den höchsten Tönen. Die Patienten fühlten sich angeblich hier sehr wohl, und ich fragte sie schließlich. »Ist das Haus voll belegt?«

»Einige Zimmer sind noch frei. Wie kommen Sie darauf?«

»Nur einfach so, denn uns ist kaum jemand entgegengekommen.«

»Das sieht im Sommer anders aus.«

Mit dieser Antwort waren wir entlassen. Wir wurden nicht mehr nach draußen begleitet. Erst als die Tür hinter uns geschlossen war und wir in den Park schauen konnten, in den sich die Dämmerung einschlich und in dem der geschmückte Tannenbaum mit seinen bunten Lichtern kitschig vorkam, sagte ich: »Hier möchte ich mein Leben nicht verbringen. Das Haus ist erfüllt von einer menschlichen Kälte, die mich schaudern lässt.«

»Du sagst es, John.«

Wir gingen einige Schritte weiter, und Abe holte sein Handy aus der Tasche. Sein Aufgabenbereich lag zwar in New York, aber es gab immer wieder Fälle, bei denen Stadt- und auch Staatengrenzen keine Rolle spielten.

In Washington kannte er auch Kollegen. Er gab ein Passwort durch und wurde mit dem entsprechenden Menschen in der Personalabteilung verbunden.

»Es geht um einen Kollegen namens Clint Walker. Ich würde gern seine Anschrift erfahren.«

»Moment.« Der andere sprach so laut, dass selbst ich ihn verstehen konnte.

Es dauerte keine Minute, bis wir die Antwort erhielten. Clint Walker lebte in einem Vorort von Washington und nicht weit vom Potomac River entfernt, wie man Abe sagte.

»Na, das ist doch etwas. Ich bedanke mich.« Er zwinkerte mir zu und sagte: »Das ist schon mehr als ein Strohhalm, finde ich. Jetzt können wir ansetzen. Ich glaube fest daran, dass Clint Walker uns mehr sagen kann.«

»Wenn er will.«

»Warum nicht? Vier seiner Kollegen oder Freunde sind gestorben. Hast du das vergessen?«

»Nein, habe ich nicht, Abe. Aber in diesem Fall halte ich alles für möglich. Da wird uns eine bestimmte Vergangenheit noch zu beschäftigen haben, und die hängt mit deinen Kollegen zusammen. Wenn jemand Menschen auf eine so grauenhafte Art und Weise umbringt, dann muss da schon Schreckliches vorgefallen sein. Ich glaube auch daran, dass Ken Russell noch mehr gewusst hat. Er hat es uns aus falsch verstandener Solidarität nur nicht sagen wollen.«

»Ein Fehler.«

»Du sagst es, Abe.«

Wir gingen auf den Wagen zu. Es war fast dunkel geworden. In den Zimmern brannte das Licht. Der gelbe Schein floss auch in die graue Dämmerung hinein und verteilte sich über dem Boden.

Man hatte die Rabatten und Beete abgedeckt. Auf vielen lagen einfach nur Tannenzweige als Schutz vor der Kälte des Winters.

Auch unser Wagen wurde vom Lichtschein gestreift.

Allerdings sahen wir noch mehr. Am Rand des Lichtflecks malte sich etwas ab, das vorhin noch nicht auf dem Boden gelegen hatte.

Es sah aus wie ein längliches Paket …

Genau das war es nicht.

Wir liefen gleichzeitig los. Sekunden später standen wir direkt neben dem, was wie ein Paket gewirkt hatte.

Es war ein Mensch.

Ken Russell.

Wir brauchten nur hochzuschauen und sahen über uns den Balkon, von dem aus er sich in die Tiefe gestürzt hatte …

»O Scheiße«, flüsterte Abe Douglas und stöhnte auf. »Das hätte ich nicht gedacht. Er war so überrascht, dass er nichts unternehmen konnte.

Ich hörte nicht auf ihn und bückte mich. Das Licht war hell genug. So brauchte ich keine zusätzliche Quelle und konnte meine schmale Leuchte in der Tasche lassen. Es gab keinen Zweifel. Ken Russell hatte sich über das Geländer des Balkons hinweg in die Tiefe gestürzt. Dabei lag der Balkon nicht mal so hoch, aber der alte Mann war unglücklich gefallen. Es musste ihn auch eine übergroße Kraft gekostet haben, sich aus seinem Rollstuhl zu lösen. Jetzt lag er da, den Kopf unnatürlich zur Seite gedreht, die Augen starr wie ein Toter.

Oder doch nicht?

Jetzt holte ich meine Lampe hervor. Ich hörte, dass mir Abe eine Frage stellte. Auf die Worte achtete ich nicht, weil ich das Gesicht des ehemaligen Ausbilders anleuchtete.

Nein, er war nicht tot. Ich hatte das Zucken in den Augen gesehen und flüsterte Douglas zu: »Er lebt noch!«

»Bist du sicher?«

»Bestimmt!«

Auch der G-man bückte sich jetzt. Es schien, als hätte Ken Russell gewartet, denn als sich Abe noch in der Bewegung befand, hörten wir bereits das Stöhnen. Ich sah, dass in die Augen wieder Leben zurückkehrte, und plötzlich bewegte der Mann die Lippen.

Er begann zu sprechen, so leise, dass wir uns schon tief bücken mussten, um ihn zu verstehen.

»Es hatte keinen Sinn mehr«, sagte Russell. »Ich weiß das. Ich habe einen Fehler begangen.« Bei jedem Wort musste er sich anstrengen. »Ich hätte viel früher etwas sagen sollen, doch ich war einfach zu feige. Ich wusste, dass das Leben gerecht ist. Dass man seine Strafe irgendwann bekommt. Ich habe sie schon erhalten.«

Russell hatte viel gesprochen, aber wenig gesagt. Er hatte uns als Zuhörer auf einen bestimmten Weg gewiesen, aber er war einfach noch zu schmal.

»Wofür sind Sie bestraft worden?«, fragte ich.

Er schaute mich an. »Ich weiß Bescheid ...«

»Worüber?«

»Ich hätte eher etwas sagen sollen.«

Auch wenn er sich die Worte abrang, ich musste einfach mehr wissen. »Was ist so wichtig und entscheidend?«, fragte ich ihn. »Hängt es mit den Morden zusammen?«

»Ja ...«

»Du kennst den Grund, Kollege?«, fragte Abe Douglas.

»Ich habe alles gewusst. Erfahren. Es war schlimm, denn ich habe geschwiegen.«

»Was taten die Männer?«

Mit dieser Frage bewies Abe Douglas, dass er sich

auf der richtigen Spur befand. Er schaute ebenso auf das Gesicht des Schwerverletzten wie ich. Vor Aufregung hatte ich feuchte Hände bekommen, und Abe Douglas erging es bestimmt nicht anders.

Wir sahen dem ehemaligen Ausbilder an, dass er etwas hinzufügen wollte. Möglicherweise letzte Worte. Er bemühte sich auch. Sein Mund zitterte, und er musste unter einer wahnsinnigen Anstrengung leiden. Noch einmal schaffte er es.

»Die Männer haben ... sie haben ... sie ...« Nichts mehr. Kein Wort drang über die Lippen. Der Mund blieb halb offen und zugleich starr. Ebenso wie die Augen.

Es war vorbei.

Wir verharrten noch eine Weile neben ihm, und es war Abe, der seine Hand ausstreckte und dem Toten die Augen schloss. Dabei sagte er: »In den letzten Minuten seines Lebens hat er vieles bereut, das steht fest.«

Ich richtete mich auf. »Sicher. Abe, aber was hat er bereut? Was steckt dahinter?«

Es ist eine alte Schuld gewesen, von der Russell etwas gewusst hat. Die fünf Agenten haben sie auf sich geladen, und er hat davon gewusst, aber geschwiegen. Frag mich nicht nach den Gründen, es ist eben so gewesen. Das muss während der Ausbildung in Quantico geschehen sein. Sie haben da eine verschworene Gemeinschaft gebildet und den Ausbilder einbezogen.«

»Du kennst dich gut aus.«

»Klar. Ich bin dort selbst ausgebildet worden. Quantico war auch mal meine zweite Heimat. So ist das nun mal. Da gibt es immer wieder Cliquen oder Gruppen.«

»Auch welche, die Verbrechen verüben?«, fragte ich.

»Nein, John, das ist eine Ausnahme gewesen. Ich weiß auch nicht, was da alles passierte und was sie genau getan haben. Jedenfalls muss es schlimm gewesen sein.« Er schluckte. Wir werden einigen Stress haben.« Er ging zur Seite und holte sein Handy hervor, um die Kollegen zu informieren. Der Tote musste abgeholt und auch untersucht werden. Wir waren Zeugen. Das hielt natürlich alles auf.

Ich ging ein paar Schritte zur Seite und schaute in die parkähnliche Landschaft hinein. Der Tannenbaum, der so kitschig geschmückt worden war, strahlte sein Licht ab und wirkte auf mich wie ein Fremdkörper.

Es bewegte sich auch nichts. Hinter uns im Haus war es ebenfalls still geblieben. Dieser Bau und sein Garten kamen mir vor, als hätte man beides der Realität entrissen.

Hier konnte man sich wirklich in einer gefühlskalten Umgebung auf den Tod vorbereiten.

Ich hörte Abe sprechen. Das erste Telefongespräch hatte er bereits beendet. Er kümmerte sich jetzt um Clint Walker. Wir brauchten alle verfügbaren Informationen über ihn, denn er lebte noch als Letzter aus der Gruppe.

Was war damals geschehen? Welche Schuld hatten die Mitglieder der Gruppe auf sich geladen. Es musste eine sehr schwere gewesen sein, sonst wäre sie nach all den Jahren längst verjährt.

Warum hatte der ehemalige Ausbilder nicht früher darüber gesprochen und erst in den Minuten vor seinem Tod? Er hatte es auch jetzt nicht tun wollen, dafür hatte er einfach die Konsequenzen gezogen und war in die Tiefe gekippt, um sich umzubringen. Der nahe Tod hatte ihn dann zum Reden veranlasst.

Abe Douglas hatte sein Gespräch beendet und kam mit gesenktem Kopf auf mich zu. Zufrieden sah er nicht aus. Ich fragte ihn, ob es Probleme gegeben hatte.

»Nein, nicht direkt. Ich hatte schon wegen Walker angerufen. Beim zweiten Mal musste ich behutsam vorgehen und habe erfahren, dass er als äußerst erfolgreich eingestuft wird. Auch mehr Einzelgänger als Teamworker.«

»Mehr weißt du nicht?«

»Nein. Ich habe auch nicht viel gefragt.«

»Ist dir denn bekannt, an welch einem Fall er zur Zeit arbeitet?«

Abe Douglas schüttelte den Kopf. »Auch das weiß ich nicht. Es ist alles in der Schwebe.«

»Und was ist mit den anderen Kollegen?«

Er winkte ab. »Sie werden hier erscheinen. Es ist alles gerichtet. Wir machen unsere Zeugenaussagen und setzen uns ab.«

»Zu Walker?«

»Wohin sonst ...«

Ich war nervös. Ich fühlte mich alles andere als wohl in meiner Haut. Es lief einfach nicht so, wie ich es mir vorgestellt hatte, und das ärgerte mich.

Zu lange waren wir von den Männern der Mordkommission nicht aufgehalten worden. Ihr Chef, ein Lieutenant, war ein in sich gekehrter Typ, der lieber zuhörte, als selbst etwas zu sagen. Er akzeptierte schließlich, dass wir es eilig hatten, und ließ uns ungern fahren.

Walkers Adresse kannten wir. Und zum Glück kannte sich Abe Douglas in dieser Gegend auch aus. So verfuhren wir uns nicht, als wir uns dem Potomac River näherten, der südlich von Washington ins Meer mündet. Die Stadt lag zwar noch recht weit vor uns, aber sie leuchtete bereits wie ein riesiges gelandetes Raumschiff. Das Licht wurde auch gegen den dunklen Himmel gestrahlt, der einen blassen Schimmer bekommen hatte. Ich glaubte sogar, das Capitol zu sehen, aber das war wohl nur eine Einbildung.

Auch das Pentagon wurde nicht sichtbar. Dafür bogen wir dann in eine der Vorstädte ab. Die Straßen hier waren ziemlich breit, auch mehrspurig, und der Verkehr floss, ohne zu stocken, auch wenn sich die Fahrzeuge dicht an dicht nebeneinander herschoben.

»Kennst du die Ecke, in der Walker wohnt?«

»Nein, John. Ich habe mir sagen lassen, dass es ein neuer Wohnkomplex ist. Ziemlich groß. Wir werden möglicherweise eine Überraschung erleben.«

»Warum?«

»Diese Wohnblocks sind meist kleine Städte für sich. Da hast du alles, was du zum Leben benötigst. Du kannst dort geboren werden und auch sterben, ohne dein Areal zu verlassen. Und du wirst sagen können, dass du nichts vermisst hast.«

»Viel Spaß.«

Er lachte auf. »Zum Glück denkt Walker nicht so.«

»Und wo er ist, hat man dir nicht sagen wollen.« Ich schüttelte den Kopf. »Warum diese Geheimniskrämerei?«

»Das weiß ich nicht. Aber jeder hütet seine Pfründe. Kann sein, dass Walker auch einen Undercover-Job übernommen hat. Da ist man eben verschwiegen. Ich rechne jedenfalls mit allem.«

»Auch mit seinem Tod?«

»Nein, das nicht. Es wäre wirklich aufgefallen.«

»Aber er steht auf der Liste.«

»Die jemand in der Hand hält, den wir nicht kennen.«

Abe stoppte vor einer Ampel. »Zumindest ist er kein normaler Mensch, sondern so etwas wie eine Bestie. Verstehst du? Halte dir das immer vor Augen. Zudem bist du nicht grundlos hier.«

»Das sagst du was. Nur frage ich mich, was diese fünf Männer damals angestellt haben können, dass sie noch Jahre später gejagt werden.«

»Zerbrich dir nicht den Kopf, John. Wenn wir Walker gefunden haben, wird er reden müssen. Ich hoffe das zumindest. Er muss an einer Aufklärung interessiert sein.«

»Meinst du?«

»Klar.«

»Und wenn er zu tief im Sumpf steckt?«

Douglas blieb stur. »Er wird reden müssen. Verdammt, vier tote FBI-Agenten! Er ist der fünfte, wenn er nicht auspackt. Er kann sich allein nicht mehr wehren.«

Das hoffte ich und schaute wieder aus dem Fenster. Wir hatten eine der Vorstädte von Washington D.C. erreicht. Es war kälter geworden. Die Temperaturen lagen um den Gefrierpunkt herum. In der Nacht würden sie ihn unterschreiten. Aber es war nicht nass. So brauchten wir nicht mit Glatteis zu rechnen.

Ich sah die Lichter. Ich sah auch den Fluss. Dort schimmerte die Beleuchtung wie Perlen, die in der Luft schwebten. Eine Lampe reihte sich an die nächste und folgte dem Flusslauf.

Mein Freund aus den Staaten wies nach rechts. »Dort muss es sein. Dort auf der Erhebung.«

Was da zu uns herüberschimmerte, war ebenfalls eine große Lichtinsel. Sie stand leicht erhöht. Die Häuser sahen aus wie unterschiedlich hohe und ins Riesige vergrößerte Streichholzschachteln, in die man Löcher hineingeschnitten hatte, um das Licht freizulassen. Ein wirklich beeindruckender Wohnblock in Terrassenbauweise. Auf manchen Dächern standen die Tannenbäume, die ihre Grüße abstrahlten.

Schilder wiesen auf den Komplex hin, der mit zahlreichen Geschäften bestückt war. Wir sahen die Werbung auf großen Plakaten und Plakatwänden.

Der Wohnblock war von mehreren Seiten aus zu erreichen und bot trotz des vielen Lichts dunkle Stellen und Orte, in denen man sich verbergen konnte.

Es gab auch Parkplätze mit noch leeren Flächen. Vier Terrassenhäuser hatten sich zu einem Bau zusammengeschlossen. Von vier verschiedenen Seiten liefen sie aufeinander zu. In den Lücken dazwischen hatte man Grünflächen angelegt.

Wir brauchten nicht lange zu gehen, um eine dieser großen Flächen zu erreichen. Hell erleuchtete Schaufenster ließen einen Blick auf die Waren zu. Die Geschäfte verteilten sich allesamt in den unteren Etagen der Häuser.

Ich war als Erster ausgestiegen, schaute mich um, war auch von der Größe beeindruckt und dachte daran, dass es nicht leicht werden würde, die Wohnung des G-man zu finden.

Abe Douglas kam telefonierend zu mir. Er blieb stehen, sprach, schüttelte den Kopf, wurde dann energisch und steckte schließlich den Apparat weg.

»Mit wem hast du gesprochen?«

Er winkte ab. »Ich komme nicht an ihn ran. Man will mir seine Handy-Nummer nicht geben. Er scheint im Einsatz zu sein und darf angeblich nicht gestört werden.«

»Ist doch möglich.«

Er winkte heftig ab. »Kann ich nicht beurteilen. Aber es kommt mal wieder alles zusammen.«

»Lass uns erst mal ins Haus gehen.«

»Wobei ich mich frage, was wir hier suchen, wenn der Kollege unterwegs ist.«

»Könnte es nicht sein, dass er vielleicht unter Beobachtung steht? Dass Nachbarn etwas bemerkt haben? Das ist unsere Chance, einen Hinweis zu finden.«

»Ja, und es hält mich auch aufrecht!«, erklärte Abe.

Die Wohnung des Agenten war leichter zu finden, als wir angenommen hatten. Die Blöcke unterteilten sich in A, B, C und D. Clint Walker wohnte in Block A. Und dort recht hoch. Wir lasen es auf dem großen Klingelschild ab. Der Bereich der Haustür lag im strahlenden Licht einer Neonlampe und ließ uns recht bleich aussehen. Hier wirkte alles sauber und gepflegt. Dass es so blieb, dafür sorgten die Männer einer Wachmannschaft. Wir hatten den Mann nicht gesehen, aber er kam plötzlich auf uns zu.

Er trug eine blaue Uniform und eine Schirmmütze. »Zu wem wollen Sie denn?«

»Zu Mr. Walker«, sagte Abe.

»Sind Sie angemeldet?«

»Nein.«

»Dann müssen Sie erst ...«

Abe Douglas war recht unwillig. »Wir müssen gar nichts«, erklärte er und präsentierte seinen Ausweis.

»Oh – FBI.«

»Ja.«

»Das ist etwas anderes. Aber ich weiß nicht, ob Mr. Walker im Haus ist.«

»Sie kennen ihn?«

»Meine Kollegen und ich kennen jeden Mieter hier in diesem Block. Das gehört zu unserem Job.«

»Haben Sie ihn denn weggehen sehen?«

»Nein.«

Abe lächelte ihn an. »Aber Sie können uns die Haustür öffnen, nicht wahr? Den Rest schaffen wir dann allein.«

Der Wachmann war nicht sehr erfreut. Es ärgerte ihn auch, dass wir ihn nicht einweihten, aber dazu bestand nun wirklich kein Grund. Er machte gute Miene zum weniger guten Spiel und öffnete mit einem Generalschlüssel die Haustür.

»Wenn Sie irgendwelche Probleme haben, wenden Sie sich an mich. Ich kann Ihnen bestimmt helfen.«

»Danke.«

Abe Douglas und ich betraten das Haus, das sauber, aber auch sehr steril war. Metall und Marmor gaben der Umgebung einen kalten Touch. Ich mochte es nicht, hatte es lieber gemütlicher. Mir gefielen auch die Hotelhallen aus Marmor nicht, aber man kann es sich schließlich nicht aussuchen.

Jeder Block besaß zehn Etagen. Wir mussten in die achte. Der Lift – es gab davon drei – stand unten. Auch in der Kabine lag kein Staubkorn. Hier lebte man wie auf einer Insel, denn das normale Leben blieb draußen.

Erst als wir in der achten Etage ausstiegen und einen breiten Flur betraten, sprachen wir wieder. Es war Abe Douglas, der das Wort übernahm. »Ich werde einfach den Eindruck nicht los, dass wir einem Phantom nachjagen. Da kannst du sagen, was du willst.«

»Es ist auch ein Phantom. Aber eines, das töten kann.«

»Leider.«

Hier gab es keinen Marmor. Dafür hell gestrichene Wände und einen weichen Teppichboden. Neben den Türen blinkten Namensschilder. Wir mussten schon den Gang ziemlich weit durchgehen, um die entsprechende Wohnung zu erreichen.

Natürlich war die Tür geschlossen. Natürlich war niemand da. Auch nach dem dritten Klingeln meldete sich kein Mensch.

Abe Douglas fluchte leise vor sich hin. Er fühlte sich irgendwie verraten, weil man ihm zu wenig gesagt hatte. Da kochten die Kollegen ihr eigenes Süppchen.

»Lass uns bei den Nachbarn anfragen.« Ich war schon nach links gegangen und blieb vor der nächsten Tür stehen. Auf dem Schild las ich den Namen einer Frau.

Carol Lindner.

Ich klingelte. Zu hören war nichts, das Material war zu dick. Aber ich sah den Spion in der Türmitte und wurde bestimmt beobachtet. Deshalb setzte ich mein bestes Lächeln auf.

Ich schien Vertrauen erweckt zu haben, denn die Tür wurde wenig später aufgezogen.

»Bitte, was kann ich für Sie tun?«, sprach mich eine fröhlich klingende Frauenstimme an.

»Es geht um Ihren Nachbarn.«

»He, um Clint?«

»Ja.«

»Er ist nicht da.«

»Das wissen wir und . . .«

Carol Lindner zog die Brauen stärker zusammen, als sie meinen Freund Abe herankommen sah. Jetzt wurde ihr schon etwas mulmig. Das Misstrauen lasen wir in ihrem Blick.

»Keine Sorge«, sagte Abe und präsentierte wieder seinen Ausweis. »Wir sind …«

»Kollegen von Clint.«

»Ja.«

»Stark. Aber er ist nicht da.«

Zwischen uns entstand eine kleine Pause. Carol war eine Frau um die 30. Sie hatte braunes, kurz geschnittenes Haar, ein rundes Gesicht und trug eine Brille, deren Fassung kaum zu sehen war, so dünn war sie. Der Hosenanzug aus grünem Stoff sah sehr bequem aus. Ich sah, dass ihre Füße nackt waren.

»Sie können auch reinkommen«, sagte sie.

»Danke.«

Wir taten es gern, nachdem wir uns vorgestellt hatten. Ich wusste nicht, ob die Wohnung nebenan so ähnlich oder sogar gleich aussah, diese hier jedenfalls war großzügig geschnitten, auch wenn sie nur wenige Räume besaß. Der Wohnbereich war super. Besonders der Ausblick weit über den Potomac hinweg. Tagsüber waren sicherlich die Küste und das Meer zu sehen. In der Dunkelheit allerdings und wegen der vielen Lichter schauten wir nicht so weit. Es gab eben vieles, was uns ablenkte.

Carol Lindner lachte leise, als sie bemerkte, wie beeindruckt wir waren. »Wenn es Ihnen nicht zu kalt ist, können wir auf die Terrasse gehen.«

»Gern«, sagte Abe Douglas.

Die Frau schlüpfte in bereitstehende Schuhe und hebelte die Tür auf. Jetzt wurde unser Blick von keiner Scheibe abgelenkt. Er war einfach phänomenal. In der klaren Luft leuchteten die Lichter ebenfalls klar, und der weite Himmel erinnerte mich an einen riesigen See, dessen dunkles Wasser nicht bewegt wurde.

Auf den Fliesen standen noch die Gartenmöbel vom Sommer. Sie wurden durch eine Plane geschützt.

Es war kalt, aber nicht zu windig hier oben. Seitenmauern schützten die kleine Terrasse. Sie waren auch gegen die Einblicke der Nachbarn gebaut worden.

Ich blickte unwillkürlich nach rechts, denn dort befand sich die Wohnung des FBI-Agenten. Da die Mauer nicht bis zum Rand des Geländers reichte, konnte man durchaus von dieser Terrasse hier auf die anderen beiden klettern.

»Kennen Sie Clint Walker gut?«, fragte Abe.

»Wir sind Nachbarn.«

»Auch da gibt es unterschiedliche Verhältnisse.«

Carol lachte. »Verhältnisse ist gut gesagt. Wir haben kein Verhältnis wenn Sie das meinen. Ich mache mir nichts aus Männern.«

»Verstehe.«

»Wunderbar. Und trotzdem hatten wir ein gewisses Verhältnis zueinander. Er vertraute mir, ich ihm. Wir haben an manchen Abenden zusammengesessen und eine Flasche Wein geleert. Es war gut, denn man kann sich mit Clint ausgezeichnet unterhalten.«

»Hat er viel über seinen Job gesprochen?«, erkundigte sich Abe.

»Nein, das Thema war tabu. Höchstens am Rande. Auch ich habe nicht über meine Arbeit als Brokerin in einer Bank geredet.Wir wollten nur locker sein.«

Ich hatte alles gehört, mischte mich allerdings nicht ein, sondern trat an den seitlichen Rand der Brüstung und drehte den Kopf so, dass ich auf die Terrasse schauen konnte, die zu Walkers Wohnung gehörte.

Sie war mit der, auf der ich mich aufhielt, identisch. Auch dort standen mit einer Plane geschützte Freizeitmöbel.

Ich drehte den Kopf so weit herum, dass ich den größten Teil der Scheiben überblicken konnte. In der Wohnung war es dunkel. Dennoch sah ich einige wenige Lichtreflexe auf der Scheibe und hatte den Eindruck, das Fenster gewölbt zu erleben.

Es gab auch keine Notbeleuchtung in der Wohnung. Hinter der Scheibe ballte sich die Dunkelheit Clint Walker war wirklich nicht zu Hause. Enttäuschend zwar, aber damit hatten wir rechnen müssen.

Ich wollte mich wieder zurückziehen, als all meine Beobachtungen über den Haufen geworfen wurden. So leer wie es den Anschein hatte, war die Wohnung nicht.

Mir fiel eine Bewegung auf.

Ich tat nichts und blieb völlig still. Mein Augenmerk galt weiterhin dem breiten Fenster. Ich hoffte, mich nicht geirrt zu haben und setzte darauf, dass sich die Bewegung wiederholte.

Zunächst passierte nichts. Ich konnte mich auch geirrt haben. Auch mir spielten die Nerven manchmal einen Streich. Aber ich hatte mich nicht geirrt, denn als ich genauer hinsah, entdeckte ich den Schatten.

Ob es tatsächlich einer war, konnte ich nicht mit Bestimmtheit sagen, aber in der Wohnung floss etwas von einer Seite zur anderen. Als wäre jemand dabei, sich zu bewegen, damit er so schnell wie möglich vorankam.

Ein Körper? Ein Gesicht? Möglicherweise bleicher als der Körper? Beides zerfloss dann zu einem Schatten?

Einige Sekunden wartete ich ab. Ich hoffte, dass jemand die Terrassentür öffnen und nach draußen gehen würde. Den Gefallen tat man mir leider nicht.

Was ich gesehen hatte, das hatte ich gesehen. Davon ließ ich mich nicht abbringen.

Hinter mir hatten die beiden aufgehört zu sprechen. Ich zog mich zurück und ging zu ihnen.

»He«, flüsterte Abe Douglas, »was war da los? Du hast so interessiert geschaut.«

»In der Wohnung nebenan ist jemand«, erklärte ich nur.

Abe Douglas hatte mich verstanden und gab mir zunächst keine Antwort. Carol Lindner befand sich bereits fast in der Wohnung, als sie stehenblieb und sich drehte.

»Was haben Sie da gesagt?«

»Es ist jemand in der Wohnung.«

»Clint?«

»Bestimmt nicht. Es sei denn, es macht ihm Spaß, sich in der Dunkelheit zu bewegen.«

»Moment«, sagte Abe Douglas nur. Er ging dorthin, wo ich gewesen war, und musste seinen Kopf ebenfalls drehen, um gegen die Fensterscheibe schauen zu können.

Carol Lindner stand in der offenen Tür und hielt die Arme vor der Brust verschränkt.

Der G-man schaute nicht lange hin. Er drehte sich bald wieder herum und kam zu mir. »Richtig gesehen habe ich nichts«, erklärte er. »Nicht mal eine Bewegung.«

»Aber ich. Es war keine Täuschung, Abe.«

»Ja, ich glaube dir ja.«

»Lass uns reingehen.«

Inzwischen brannten in der Wohnung zwei Lichter. Die Lampen waren schon kleine Kunstwerke aus Stahl und papierähnlichen Lampenschirmen. In der Nähe einer roten Sitzgruppe aus Leder standen sie.

Carol ließ sich in einen Sessel fallen. Sie hatte sich zwischendurch einen Drink geholt und trank jetzt einen Schluck.

»Wer kann das denn sein?«, fragte sie. »Ein Einbrecher?«

»Nicht direkt«, sagte ich und schloss die Terrassentür.

»Sie sind sich sicher, dass Sie sich nicht getäuscht haben, Mr. Sinclair?«

»Ja, das bin ich.«

»Als wir uns vorhin die Tür angeschaut haben, war das Schloss nicht beschädigt«, sagte Abe. »Es muss also zwischendurch jemand in die Wohnung gegangen oder schon drin gewesen sein.«

»Ein Einbrecher?«, fragte Carol und schüttelte noch in der gleichen Sekunde den Kopf. »Das glaube ich nicht. So einfach kommt man nicht hinein.«

»Es kann auch sein, dass die Person einen Schlüssel besessen hat«, meinte Abe.

»Den habe ich!«

Wir ruckten herum und schauten Carol Lindner an. »Sie haben einen Schlüssel?«, flüsterte mein Freund.

»Ja.« Sie nickte. »Ist das schlimm? Ich habe Ihnen doch erzählt, dass wir ein gutes nachbarschaftliches Verhältnis hatten. Dazu gehört auch, dass ich einen Zweischlüssel habe. Umgekehrt ist es ebenso.«

Die Überraschung hatte uns recht sprachlos gemacht. Aber es war auch eine Fügung des Himmels, denn mit dem Schlüssel konnten wir die Wohnung betreten, ohne dass es irgendwelche Spuren gab.

»Würden Sie uns den Schlüssel überlassen?«, bat Abe.

Carol zierte sich etwas. »Ich weiß nicht. Sie sind fremd und ...«

»Auch Kollegen von Clint. Und wir sind nicht grundlos hier erschienen. Ich glaube zudem nicht, dass sich John getäuscht hat, auch wenn ich den Besucher nicht gesehen habe.«

Carol Lindner zögerte noch. Sehr wohl war ihr bei der Sache nicht, was auch verständlich war, denn wir hätten nicht anders reagiert.

»Also gut, ich vertraue Ihnen.«

Sie stand auf und ging in die Küche. Wenig später kehrte sie mit einem Schlüssel zurück, den sie Abe in die Hand drückte.

»Danke.«

»Ich muss doch nicht mit – oder?«

»Nein, das brauchen Sie nicht.«

»Dann bin ich beruhigt.« Trotz der Worte blieb der Schauer auf ihrem Gesicht.

»Warten Sie hier«, sagte Abe, »es wird sicherlich nicht lange dauern.«

»Aber seien Sie bitte vorsichtig. Ich habe so ein komisches Gefühl. Das ist wie eine innere Warnung.«

»Geht schon klar.«

Wir verließen Carols Wohnung und zogen die Tür hinter uns zu. Im menschenleeren Flur fragte mich Abe noch mal und schaute mich direkt an. »Bist du dir wirklich sicher, nebenan jemand gesehen zu haben?«

»Ja, es war jemand dort.«

»Eine Frau oder ein Mann?«

»Das konnte ich leider nicht erkennen. Es war einfach zu dunkel. Ich würde mehr von einem Schatten sprechen, der sich dort bewegt hat. Aber ich habe mich nicht geirrt, das kann ich dir versichern. Außerdem ist es nicht so abwegig, dass Walker Besuch erhält. Schließlich ist er der Letzte auf der Todesliste.«

»Das ist mir klar. Dann wollen wir mal schauen.«

Abe Douglas bückte sich und schob den Schlüssel behutsam und sehr leise ins Schloss.

Ich stand hinter ihm und hatte schon meine Waffe gezogen. Eine leichte Drehung reichte aus, und die Tür war offen. Abe Douglas stieß sie noch nicht nach innen. Er holte zunächst tief Luft und zog den Schlüssel wieder hervor. Danach ließ er die Klinke los, um beide Hände frei zu haben. So konnte auch er seine Waffe ziehen.

Fingerbreit stand die Tür nur offen. So konnten wir zumindest in die Wohnung hineinhorchen. Wir erlebten die erste Enttäuschung. Es war nichts zu hören.

Ich blieb hinter meinem Freund, als er den Spalt vergrößerte. Die Beretta hielt ich in der rechten Hand. Der Arm war leicht angewinkelt, und die Mündung wies gegen die Decke.

Ein Duft nach einem herben Rasierwasser hing in der Luft. Wir übertraten die Schwelle und waren jetzt froh, dass die Wohnung ebenso aussah wie die nebenan. Da brauchten wir uns nicht lange zu orientieren. Auch in der Dunkelheit fanden wir uns zurecht.

Zur Wohnung gehörte auch ein kleiner Flur. Er war sogar recht breit.

Die Zimmer gingen davon ab und natürlich auch das größte, das Wohnzimmer mit der sich daran anschließenden Terrasse.

Es war sehr still um uns herum. Man hätte die berühmte Stecknadel zu Boden fallen hören können, denn auch Abe Douglas und ich hielten den Atem an.

Zum großen Wohnzimmer hin führte eine Tür. Sie war nicht geschlossen, stand aber auch nicht so weit offen, dass wir den gesamten Raum hätten überblicken können. Von der Terrasse her drang ein heller

Streifen in den Raum hinein, der sich aber sehr bald wieder verlor.

Einige Sekunden hatten wir verstreichen lassen, ohne ein Wort zu flüstern. So wie es aussah, waren wir die Einzigen in der Wohnung, aber ich dachte auch an den Schatten, der sich hinter der Scheibe bewegt hatte.

War es doch eine Täuschung gewesen?

Ich wollte es nicht glauben.

Abe Douglas, dessen Gesicht ich aus nächster Nähe sah, schaute mich zweifelnd an. Ich ahnte, was er dachte, doch darauf nahm ich keine Rücksicht.

Ich brachte meinen Mund dicht an sein Ohr und hauchte ihm die Worte hinein. »Bleib du hier stehen. Ich schaue mich mal im Wohnzimmer um. Okay?«

Er nickte nur.

Ich berührte die Tür zum Wohnzimmer mit der linken Hand. Sehr langsam drückte ich sie nach innen. Mein Blickwinkel verbesserte sich von Sekunde zu Sekunde, und schließlich war ich in der Lage, das Wohnzimmer zu überblicken.

Ich hatte mich nicht frontal vor der Tür aufgebaut, sondern mich etwas zur Seite gedreht, um keine Zielscheibe zu bieten. Der große Raum lag vor mir, auch die Scheibe zur Terrasse, und ich sah die Umrisse der Möbel, wobei mir der Bildschirm des Fernsehers zuerst auffiel, da er sich in einem matten Grau abmalte.

Kein Atmen, kein Geräusch wehte mir entgegen. Das Zimmer lag still vor mir.

Ich spielte mit dem Gedanken, das Licht einzuschalten, ließ es dann lieber bleiben, denn ich befand mich noch immer in einer schlechteren Position.

Nachdem einige Zeit verstrichen war, wollte ich

nicht länger warten und ging in das Zimmer hinein. Den Arm mit der Beretta hatte ich gesenkt. Ich hielt die Waffe jetzt mit beiden Händen fest und drehte mich während des Gehens leicht nach rechts und auch nach links.

Da erwischte es mich.

Das Zucken auf der Brust. Der leichte Wärmestoß. Nur ein geringes Warnsignal, aber durchaus spürbar. Für mich stand spätestens in diesem Augenblick fest, dass ich mich nicht mehr allein in diesem Zimmer aufhielt. Es lauerte jemand in der Nähe, der nicht eben zu meinen Freunden zählte, sondern zur anderen Seite.

Aber wo?

Ich verhielt mich normal. Gab durch nichts bekannt, dass ich etwas gemerkt hatte. Auf der Stirn hatte sich Schweiß gebildet. Sich so ruhig zu verhalten ist verdammt anstrengend

Es erwischte mich trotzdem wie der Blitz aus heiterem Himmel. Plötzlich flog von der linken Seite etwas auf mich zu. Es sah aus wie ein unförmiges Nichts, aber dieses Nichts besaß schon ein Gewicht, und das erwischte mich an der linken Kopfseite.

Im Nu war alles anders.

Vor meinen Augen explodierten die berühmten Sterne oder Kreise. Ich stöhnte noch auf, aber ich war nicht mehr in der Lage, das Ziel zu erkennen und abzudrücken. Durch den Treffer war ich ins Stolpern geraten, fiel über eine Schnur und landete am Boden. Ich wurde nicht bewusstlos, aber ich war außer Gefecht gesetzt und ziemlich groggy.

Etwas prallte mit einem dumpfen Geräusch zu Boden, und dann hörte ich einen schrillen und auch irgendwie katzenhaften Schrei, bevor sich etwas auf mich stürzte ...

Abe Douglas hatte im Flur gewartet. Er kannte die Regeln. Wer im Team arbeitet, muss auf den anderen Rücksicht nehmen, sonst kommt es zum Chaos.

Er sah, dass sich John sehr vorsichtig bewegte und kein Risiko einging. Er schien tatsächlich etwas gesehen zu haben, sonst hätte er sich anders verhalten.

Er tauchte im Zimmer ab.

Auch als einige Sekunden verstrichen waren, kam es zu keiner Begegnung mit einem Einbrecher. Nur der Geruch nach dem Rasierwasser blieb.

Douglas schaute nicht nur nach vorn. Er bewegte auch seinen Kopf, um den Flur unter Kontrolle zu halten, denn auch dort oder in einem anderen Zimmer konnte sich jemand aufhalten und urplötzlich auftauchen.

Das passierte nicht.

Stattdessen sah er, wie sein Freund das Zimmer betrat, zusammenzuckte, ansonsten aber nichts tat. Er bewegte sich nicht von der Stelle, aber er war gewarnt. Das sah Douglas an seiner Haltung.

Etwas huschte auf ihn zu.

Es kam von der linken Seite. Jemand musste einen Gegenstand geworfen haben, der auch traf.

Douglas sah seinen Freund taumeln. Er sprang nicht hin, und er glaubte auch, dass sich John noch fangen würde. Dann war er aus seinem Sichtfeld verschwunden. Einen Lidschlag später tauchte der Schatten von der linken Seite her auf, der mit heftigen Bewegungen dem Geisterjäger entgegenstürzte.

Es lief alles so schnell ab, dass Douglas nicht erkannte, wer da eingegriffen hatte. Ihm fielen nur die Bewegungen auf, die so glatt und geschmeidig waren, wie ein Mensch sie nicht fertigbrachte.

Für Abe gab es kein Halten mehr. Er konnte nicht

schießen, weil er kein Ziel sah, aber er stürzte in das Zimmer, um sich die Person vor die Mündung zu holen.

Er irrte sich!

Dass es eine Falle war, merkte Douglas zu spät. Rechts von ihm, wo auch John Sinclair verschwunden war, bewegte sich etwas in der Dunkelheit.

Bevor Abe seine Waffe herumreißen konnte, erhielt er einen heftigen Stoß gegen die Brust und einen Schlag ins Gesicht, der die untere Hälfte traf.

Er konnte das Stöhnen nicht vermeiden, weil er das Gefühl hatte, den Kiefer samt Haut zu verlieren. Es war wie wahnsinnig, und er rollte sich über den Boden, bis er gegen eine Kante stieß. Tränen schossen in seine Augen, verschleierten die Sicht, und dann hörte er einen fauchenden Schrei oder Laut.

Er spürte Blut im Gesicht. Er riss sich zusammen und stellte fest, dass er die Waffe verloren hatte. Auch als er mit der Hand in der Nähe herumtappte, fand er sie nicht.

Mühsam richtete er sich auf.

Etwas Kreischendes flog auf ihn zu. Dann erhielt er einen Schlag gegen den Kopf, wurde wieder zu Boden geschleudert und war für die nächste Zeit nicht vorhanden . . .

Irgendwie hatte ich es geschafft, mich zur Seite zur rollen. Wer oder was immer mich ansprang, verfehlte mich, aber das war noch längst nicht der Sieg für mich.

Ich reagierte mehr unterbewusst. Ich trat um mich und traf auf einen weichen, aber durchaus schweren Widerstand.

Meine Augen hielt ich offen. Für eine kurze Zeitspanne sah ich ein Gesicht durch die Luft tanzen. Eigentlich mehr ein Fleck mit zwei leicht geschlitzten Augen.

Irgendwo war auch die Beretta. Beim Aufprall hatte ich sie nicht festhalten können. Jetzt störte mich auch die verdammte Dunkelheit, aus der sich dann etwas hervorschob.

Das musste an der Tür sein.

Abe Douglas erschien und wurde ebenso überrascht wie ich. Ich sah einen schattenhaften, blitzschnell geführten Kampf, begleitet von den entsprechenden Geräuschen.

Ich konnte nicht eingreifen, da ich mich um mich selbst kümmern musste. Es war verdammt gefährlich, auf dem Boden liegen zu bleiben und ein wehrloses Bündel zu sein. Deshalb rollte ich mich mühsam zur Seite und schaffte es auch irgendwie, wieder auf die Beine zu gelangen. Dabei torkelte ich nach rechts weg, stieß gegen ein Hindernis und landete auf der Lehne eines Sessels, bevor ich nach hinten kippte.

Noch immer hatte ich meine Beretta nicht gefunden. Als Waffe besaß ich nur das Kreuz. Es musste ausreichen, um den Angreifer zu stoppen, von dem ich zunächst nichts sah.

Bis sich schließlich etwas vom Boden her in die Höhe drehte. Es war eine Gestalt, aber es war kein Mensch. Das Wesen wurde zu einem Kreisel, ich hörte das wilde Fauchen. Dabei nestelte ich an der Kette, um das Kreuz hervorzuholen.

Plötzlich war mein Gegner verschwunden. Einfach weggesackt. Er musste am Boden liegen.

Licht einschalten? Es dunkel lassen? Ich quälte mich mit den Gedanken herum. In den nächsten Sekunden musste ich mich entscheiden. Von meinem Freund Abe war keine Hilfe zu erwarten. Ihn hatte unser Gegner schlimmer erwischt als mich.

Der kalte Luftzug traf mich unvorbereitet. Der Eindringling hatte die Terrassentür aufgezogen. Sie war noch in Bewegung und schwang nach innen, als sich die Gestalt in der sich öffnenden Tür für einen Moment geduckt abhob.

Ich hätte sie jetzt mit einer Kugel erwischen können, aber meine Beretta lag irgendwo und war nicht zu sehen.

Die Gestalt sprang mit einem mächtigen Satz auf die Terrasse. Die Tür war noch nicht wieder zugefallen, sodass ich freie Bahn hatte und die Verfolgung aufnahm.

Es war auf der Terrasse heller als hier im Zimmer. Von außen her wurde sie von einigen Lichtreflexen erreicht, und zum ersten Mal sah ich den Eindringling deutlicher.

Eine Frau?

Ein Mann?

Vielleicht beides. Oder eine Bestie, die sich aus diesen beiden Hälften zusammensetzte?

Da konnte alles zutreffen, aber am Schlimmsten war der verdammte Schädel. Der gehörte keinem Menschen, auch wenn ich ihn nur von hinten sah. Beim Laufen schwang nicht das Haar in die Höhe, es bewegte sich eine regelrechte Mähne. Auch nicht dunkel, sondern hell, fast schon bleich.

Das Wesen sprang auf die Brüstung. Es passierte aus dem Lauf heraus, ohne zuvor abzustoppen. Geduckt wie ein Affe blieb es dort hocken. Und wie zum Hohn schaute es sich um. Genau in dem Moment, als ich die Terrasse betrat.

Es war eine Wölfin!

Eine Werwölfin!

Plötzlich kam alles zusammen. Plötzlich konnte ich mir auch die schrecklichen Wunden der toten FBI-Agenten erklären. Ich wusste, wer sie hinterlassen hatte.

Ein Blick nur. Eine knappe Drehung. Dann ließ sich das Wesen fallen. Verdammt, wir waren im achten Stock, das überstand auch eine Werwölfin nicht ohne gebrochene Knochen.

Ich war noch immer etwas benommen und torkelte auf die Terrasse. Allerdings tat mir die kalte Luft gut. Sie frischte mich auf. Zwei Schritte später stand ich an der Brüstung und beugte mich darüber. Der Boden war nicht zu sehen. Also war es nicht möglich, den ›Landeplatz‹ zu entdecken.

Oder war sie gar nicht bis nach unten durchgefallen?

Ich beugte mich noch weiter vor. Aus den verschiedenen Wohnungen drang das Licht auf die Terrassen, sodass die Fliesen dort schimmerten wie stehendes Wasser.

Jemand bewegte sich zwei Etagen unter mir. Ob es die Werwölfin war, konnte ich nicht erkennen. Zudem war die Gestalt nach einer Sekunde zwischen zwei Terrassen verschwunden. Es gab dort einen Knick, eine Lücke und möglicherweise auch irgendein Hilfsmittel, über das man den sicheren Boden erreichte.

Für mich war die Strecke in meinem Zustand zu weit. Das bekam ich nicht mehr geregelt, und von außen schon gar nicht. Bevor ich die Stufen der Treppen nach unten gelaufen war oder den Lift genommen hatte, war die Bestie längst über alle Berge.

Mit noch immer wackligen Beinen trat ich vom

Geländer zurück. Auch mein Kopf brummte, doch mehr war mir nicht passiert.

Mit müden Schritten betrat ich die Wohnung des FBI-Agenten. Im Schein meiner kleinen Lampe suchte ich nach dem Lichtschalter. Es gab nicht nur einen an der Tür, ich sah auch einen zweiten neben einer Regalwand.

Unter der Decke erhellte sich eine runde Glaslampe, die aussah wie ein UFO. In ihrem Licht sah ich meine Beretta nicht weit entfernt liegen. Ich hob sie auf und steckte sie ein. Dabei fiel mein Blick in Richtung Zimmertür.

Dort lag Abe Douglas auf dem Rücken. Das helle Licht schien ihm nicht zu gefallen, denn er hatte beide Hände auf sein Gesicht gelegt, um nicht gegen die Decke schauen zu müssen. Ich hörte auch sein Stöhnen. Es klang eher wütend als schmerzvoll.

Er musste mich bemerkt haben, als ich neben ihm stand, denn er drehte sich nach rechts. Dabei rutschten seine Hände vom Gesicht weg. Im ersten Moment bekam ich einen Schreck, weil ich das Blut unter seinem Mund sah. Es war über das Kinn gelaufen und zeichnete schon Streifen auf den Hals. Dort hatten ihn die Krallen der Bestie gestreift. Zum Glück nur das, sonst wäre es ihm jetzt schlechter ergangen.

Ich half ihm hoch.

»Scheiße, John, da bin ich reingefallen wie ein blutiger Anfänger.« Er schaute auf seine Hände, die ebenfalls blutig waren. »Was hast du denn geschafft?«

Ich hob noch seine Waffe auf und gab sie ihm. »Geh erst mal ins Bad und wisch das Blut ab.«

»Ja, Dad.«

Er tappte in den Flur. Ich machte ihm Licht. Das Bad war schnell gefunden, und als ich einen Blick hineinwarf, sah ich schwarze und weiße Kacheln, die sich abwechselten.

Abe kam bestimmt allein zurecht. Ich ging wieder auf die Terrasse und hing meinen Gedanken nach. Fest stand, dass sich auch Clint Walker in Gefahr befand. Er hatte nur das Glück gehabt, nicht zu Hause gewesen zu sein.

Gejagt wurde er von einer Werwölfin. Für mich gab es keinen Zweifel, dass es sich dabei um eine Frau handelte, die es schaffte, sich in diese Bestie zu verwandeln.

Was aber hatten die vier FBI-Agenten mit ihr zu tun? Warum wollte sie die Männer unbedingt töten? Was hatten sie ihr getan? Welche Gründe hatte die Rache?

Ich fand keine Antwort. Derjenige, der sie mir hätte geben können, war tot. Jedenfalls musste das Motiv in der Vergangenheit der Toten liegen.

Ich hörte hinter mir Schritte. Als ich mich umdrehte, lehnte Abe Douglas an der Terrassentür. Er sah noch ziemlich mitgenommen aus. Das Blut hatte er sich wegwaschen können. Unter dem Mund bedeckten zwei Pflaster das Kinn.

»Und?«, fragte ich.

»Ich will nicht klagen. Es hätte schlimmer kommen können.«

»Da sagst du was.«

Ich ging zurück ins Wohnzimmer und hebelte die Tür wieder zu. Abe Douglas wollte endlich wissen, was passiert war, denn er hatte nur das Wenigste mitbekommen.

Ich gab ihm einen knappen Bericht und bemerkte, dass er nur mühsam die Fassung bewahrte.

»Eine Werwölfin«, flüsterte er.

»Ja, wir haben es mit einem weiblichen Werwolf zu tun.«

Abe sagte nicht mehr, sondern suchte im Zimmer nach einem Drink. Er fand Whisky und ein Glas. »Möchtest du auch einen Schluck, John?«

»Nein.«

»Ich brauche ihn.«

»Er sei dir gegönnt.«

Während er trank, meldete sich zaghaft die Türglocke. Ich ließ Abe mit seinem Bourbon allein, blieb zunächst vor der Tür stehen und schaute durch den Spion. Geklingelt hatte Carol Lindner. Wahrscheinlich erfüllt von Sorgen, weil wir uns nicht gemeldet hatten. Ich öffnete die Tür. Sie zögerte noch, einzutreten.

»Bitte, kommen Sie.«

»Geht es Ihnen denn gut?«

»Einigermaßen.«

Sie nagte an ihrer Unterlippe. »Ich hörte Geräusche von der Terrasse her, konnte aber nichts sehen, und da dachte ich mir, dass ich mal vorbeischaue . . .«

»Kommen Sie doch rein!«, drängte ich zum zweiten Mal.

Endlich überwand sie sich. Im Wohnzimmer schaute sich die Frau um. Der Mieter liebte die Farbe Schwarz. Sie war überall vertreten, sogar auf dem Teppich, auch wenn der durch weißgraue Streifen aufgelockert wurde. Auch Abe Douglas saß in einem schwarzen Würfelsessel und nickte der Frau zu.

Es war nicht viel durcheinander, aber trotzdem spürte die Nachbarin, dass etwas nicht stimmte. Sie hatte auch die Pflaster im Gesicht des Agenten gesehen, traute sich jedoch nicht, nachzufragen.

»Ich habe Recht gehabt«, sagte ich. »Die Wohnung hier war nicht leer.«

»Ja.« Carol nickte. »Aber wer war darin?«

»Nicht Clint, sondern eine ...«, ich überlegte mir die anderen Worte, »eine Frau.«

Carol nahm die Antwort gelassen hin und fragte nur: »Was hat sie denn gewollt?«

»Uns nicht.«

»Verstehe. Es kam zu einer Auseinandersetzung.«

»Ja.«

»Sie wollte uns töten«, erklärte Abe Douglas, der sein Glas geleert hatte. »Ja, ob Sie es glauben oder nicht, sie wollte uns töten, und das ist nicht eben die feine englische Art.«

Jetzt war sie totenbleich geworden. Carol musste sich setzen. Ich besorgte ihr ebenfalls einen Whisky, den sie in kleinen Schlucken nippte. Sehr geräuschvoll stieß sie dann die Luft aus und schüttelte dabei den Kopf. »Ehrlich gesagt, darauf kann ich mir keinen Reim machen. Ich weiß ja, dass Clint einen nicht ungefährlichen Beruf hat. Aber dass man in die Wohnung kommt, um ihn zu töten, ist doch verdammt hart, wie ich finde.«

»Das können Sie laut sagen, Carol.«

Sie blickte mich an. »Und diese Person ist Ihnen entkommen, nicht wahr?«

»Leider.«

»Man kann nicht immer Glück haben.«

Da Abe Douglas seinen Kopf zurückgelegt und die Augen geschlossen hatte, sprach ich mit der Nachbarin. »Es geht zwar ins Persönliche, aber wissen Sie vielleicht mehr über die Bekanntschaften des guten Clint?«

»Nein«, murmelte sie vor sich hin. »Eigentlich weiß ich so gut wie nichts.«

»Aber etwas schon.«

Sie hob die Schultern. »Natürlich haben wir hin und wieder über unsere Beziehungen gesprochen. Das war ein Thema an den langen Abenden. Er hatte keine feste Beziehung, ich auch nicht. Natürlich leben wir nicht wie Eremiten, da gab es schon Bekannte, aber das waren nur flüchtige Begegnungen.

»Da sind Sie sich sicher?«

»Was meinen Part angeht, schon.« Sie schüttelte den Kopf. »Ich will mich auch nicht mehr binden, nachdem ich drei Jahre mit einer Freundin zusammengelebt habe. Die Enttäuschung ist einfach zu groß gewesen.«

»Das kann ich verstehen. Und wie verhält es sich mit Ihrem Nachbarn, Miss Lindner?«

»Er hat nie in einer Beziehung gelebt.«

»Aber Frauen gehabt.«

»Ja.«

»Ist Ihnen da eine in besonderer Erinnerung geblieben? Haben Sie die Person gesehen? Oder hat Ihr Nachbar mehr über sie erzählt als über andere?«

Sie musste nachdenken und trank.

»Vielleicht ist da etwas in der letzten Zeit gewesen. In den vergangenen Wochen.« Ich versuchte, ihr auf die Sprünge zu helfen, und sah, dass sie überlegte.

»Schon«, meinte sie.

»Und erinnern Sie sich?«

»Nein und ja. Ich kenne die Person nicht. Er hat davon gesprochen.«

»Wissen Sie ihren Namen?«

Carol Lindner schaute hoch und nickte mir dabei sehr langsam zu. »Das allerdings. Nur ihren Vornamen. Sie heißt Belinda. Wenn ich Cliff richtig verstanden habe, war er von ihr sehr angetan.«

Das war ein Anhaltspunkt. »Wie lange kennen sich die beiden? Wissen Sie darüber Bescheid?«

»Nicht genau. Vielleicht seit einer Woche. Oder seit zehn Tagen. So ähnlich.«

»Gesehen haben Sie die Frau nie?«

»Nein.«

»War sie mal hier in der Wohnung?«

Carol Lindner schaute nachdenklich ins Leere. »Das kann ich Ihnen auch nicht sagen. Jedenfalls hat mein Nachbar nie darüber gesprochen.«

»Ansonsten war er also angetan von ihr?«

Sie nickte.

»Hat er sie beschrieben?«

Carol lächelte und überlegte. »Nicht wie Sie meinen, Mr. Sinclair. Clint ist ein erwachsener Mensch und kein Teenager mehr. Nein, nein, so schlimm war es nicht. Ich weiß nur, dass sie blondes langes Haar hat. Darauf steht Clint. Das macht ihn an.«

»Belinda«, murmelte ich. »Eine Frau, die existiert, von der wir aber nichts wissen.«

»Glauben Sie denn, dass sie hier in der Wohnung gewesen ist und Sie angegriffen hat?«

»Wir schließen es zumindest nicht aus.«

Carol Lindner war etwas durcheinander. »Aber warum sollte sie es getan haben? Das hat sie gar nicht nötig.«

»Wie kommen Sie darauf?«

»Zu den ärmsten Personen gehört sie auch nicht. Hat mir Clint zumindest gesagt. Ich weiß aber nicht, was sie beruflich macht. Jedenfalls muss sie selbstständig sein. Ich hätte sie auch kennenlernen sollen, aber die Zeit hatten wir beide nicht. Er wollte mich mal in eine Bar mitnehmen.«

»Kennen Sie den Namen?«

»Nummer sieben.«

»Ach.«

»Ja, nicht mehr. Das muss so ein In-Lokal sein, in das man eben geht. Sie kennen das vielleicht. Heute ist das Lokal für zwei, drei Monate in, morgen ist es ein anderes. In der Szene findet ein ziemlich schneller Wechsel statt.«

»Ja, das kenne ich.«

»Sonst kann ich Ihnen leider nicht helfen. Ich weiß auch nicht, wo sich Clint an diesem Abend herumtreibt. Kann durchaus sein, dass er dienstlich unterwegs ist.«

»Danke«, sagte ich und nickte ihr zu. »Danke, dass sie sich soviel Mühe gegeben haben.«

»Keine Ursache. Ich hätte Ihnen gern erfolgreicher geholfen.«

»Das war schon ein Hinweis.« Ich gab ihr den Schlüssel zu Walkers Wohnung zurück. »Ach so, noch eine Frage. Wissen Sie vielleicht, wo wir die Bar finden können?«

Carol überlegte und spielte dabei mit dem Schlüssel. »Nun ja, nicht direkt, wenn ich ehrlich sein soll. Aber weit von hier ist es wohl nicht. Mehr zum Fluss hin. Fast bei den alten Garten-Anlagen.«

»Was hat es denn damit auf sich?«

»Da gibt es Hütten und Wohnungen für Menschen, die sich die überhöhten Kosten hier in der Stadt nicht leisten können. Von der Bar aus kann man auch den Fluss sehen.«

»Danke nochmals.«

Im Hintergrund bewegte sich Abe Douglas stöhnend aus dem Sessel. »Ich habe alles gehört«, sagte er. »Da haben wir dann noch etwas vor.«

»Fühlst du dich denn fit?«

Er lachte abgehackt. »Mach dir um mich keine Sorgen. So leicht wirft mich nichts um.« Er grinste schief.

»Ich sehe wieder Land. Sagt mir zumindest mein Gefühl.«

»Hat es dich schon mal getäuscht?«

»Nur selten, John. So gut wie kaum.«

»Dann ist alles in Ordnung.«

Die Tür zur Terrasse war wieder geschlossen, und so verließen wir zu dritt die Wohnung. Bevor Carol Lindner in ihrer verschwand, hatte sie noch eine Frage. »Sagen Sie ehrlich, muss ich jetzt Angst um mein Leben haben?«

»Nein«, erklärten wir beide wie aus einem Mund und voller Überzeugung. »Das brauchen Sie nicht.«

»Aber Sie! Oder?«

Ich winkte ab. »Das sind wir gewohnt. Es ist alles nicht so tragisch.«

Sie wünschte uns trotzdem alles erdenklich Gute. Bevor sich die Lifttür schloss, sahen wir noch ihr besorgtes Gesicht.

Wir fuhren nach unten. Abe lehnte an der Wand. Er sah wieder etwas besser aus.

»Sollen wir wetten, John?«

»Warum?«

»Dass wir unsere Freundin noch in dieser Nacht stellen!«

»Du bist davon überzeugt?«

»Eigentlich schon.«

»Und ich lass mich überraschen ...«

Wie ein Phantom, wie ein tanzender Affe oder wie ein geschickter Kletterer war sie gewesen, als sie sich von Terrasse zu Terrasse gehangelt hatte, um festen Boden zu erreichen.

Mit einem letzten Sprung hatte sie es geschafft,

blieb auf dem Boden hocken und kauerte sich zusammen.

Belinda hatte sich eine möglichst dunkle Stelle ausgesucht. Sie wollte auf keinen Fall entdeckt werden, denn es war etwas passiert, dass sie so schnell nicht einordnen konnte.

Da waren zwei Männer in Clints Wohnung gekommen. Zuerst hatte sie an Einbrecher gedacht. Doch dieser Gedanke war bald wieder verflogen, denn zumindest einer der beiden trug etwas bei sich, das sie nicht gesehen, das aber sehr wohl seine Spuren bei ihr hinterlassen hatte. Sie kannte den Gegenstand nicht, aber von ihm strahlte etwas ab, das ihr Furcht einjagte.

Es musste schon eine mächtige Waffe sein, die selbst einer Werwölfin Angst einjagte.

Jetzt kauerte sie mit dem Rücken an der Wand und ließ die Blicke aus ihren kalten Augen in die Dunkelheit schweifen. In der kommenden Nacht hätte es passieren sollen. Dann wäre ihr auch der Letzte dieser Schweine in die Falle gelaufen. Es war anders gekommen, und jetzt dachte sie daran, dass man ihr auf der Spur war.

Die beiden Männer hatten sie gesehen, aber nicht gekannt. Es waren Fremde für sie und jetzt zu Feinden geworden. Belinda stufte diese beiden Personen als gefährliche Gegner ein, die darauf aus waren, sie zu vernichten.

Einen noch – den Letzten!

Die anderen hatte sie bereits fertig gemacht. Sie lebten nicht mehr und hatten für ihre Taten gebüßt. Clint Walker sollte ebenfalls an die Reihe kommen. Sie hatte sich den Typ bis zum Schluss aufbewahrt. Es war so wunderbar gelaufen, und nun musste sie wieder von vorn beginnen. In einem Anfall von Wut hätte sie beinahe um sich geschlagen, doch das brachte ihr auch nichts. Sie musste überlegen, cool bleiben und einen neuen Plan fassen.

In dieser Nacht mussten die Dinge aus der Vergangenheit endlich gerade gerückt werden. In dieser Nacht musste es passieren. Koste es, was es wolle.

Es war eigentlich ganz einfach, und sie ließ bei diesen Gedanken auch die beiden Fremden außen vor. Sie hatte Clint in seiner Wohnung überraschen wollen. Das war nicht mehr möglich, aber der Faktor der Überraschung blieb bestehen.

Sie wusste, wo er sich aufhielt. Ihr war bekannt, an welchem Fall er arbeitete. Es ging um irgendeine Sache, die sehr unsauber war und sich hineinzog bis in hohe Regierungskreise. Clint Walker hatte dort recherchiert und hatte berichtet, dass er nach Feierabend bis in den späten Abend hinein immer einen Drink brauchte.

Absacker in der Stamm-Bar!

Belinda kannte den Schuppen. Sie wusste, wo er lag, und sie wusste auch, wie sie am schnellsten dorthin kam. Nur nicht als Wölfin, als Mensch, als eine Frau, die fast jeder Mann als einen tollen Schuss ansah und oft vor Staunen den Mund nicht geschlossen bekam.

Belinda war gut. Sie beherrschte vieles. Sie sah sich als eine Pfadfinderin an, die einen neuen Weg beschritten hatte. Der Keim war schon immer in ihr gewesen. Selbst als kleines Kind hatte sie ihn gespürt und gemerkt, dass sie anders war als die übrigen Kinder.

Erst später war es voll zum Ausbruch gekommen. Und danach dann hatte sie es geschafft, ihn zu kontrollieren und auch kontrolliert einzusetzen.

Nicht allein, denn es war zu einem Zusammentreffen gekommen, das sie niemals vergessen würde.

Morgana Layton. Frau und Wölfin. Eine, die es bis zur Perfektion gebracht hatte. Die ihre Ver- und Rückverwandlung selbst lenkte, so etwas wie ein magisches Wunder.

Und das schaffte sie inzwischen auch. Leider war es mit Schmerzen verbunden. Die allerdings wollte Belinda in Kauf nehmen, weil es einzig und allein um die Sache ging.

Sie hatte sich bereits in die dunkle Ecke gepresst. Weiter ging es nicht mehr zurück.

Und hier – eingeklemmt zwischen den Mauern – erlebte sie ihre Metamorphose. Sie vertraute darauf, nicht gehört und nicht gesehen zu werden. Sie konnte das Heulen nicht völlig unterdrücken und auch die zuckenden Bewegungen nicht kontrollieren.

Wieder hatte sie das Gefühl, sterben zu müssen. Sie begann sich zu fassen. Tränen rannen über ihr Gesicht. Sie schluchzte und heulte zugleich, aber sie wusste auch, dass sie sich in einen normalen Menschen zurückverwandelte, der nur eine kurze Strecke zu laufen hatte, um zu seinem Van zu gelangen.

Eine knappe halbe Stunde später saß sie hinter dem Lenkrad. Normal angezogen und auch perfekt geschminkt.

Bereit für den letzten Teil der blutigen Rache ...

SIEBEN – so hieß die Bar.

Es gab sieben Hocker, sieben Tische und vierzehn Stühle dazu. Sieben kleine Fenster waren ebenfalls in das Mauerwerk des Ecklokals eingelassen.

Die Bar öffnete um sieben Uhr abends und schloss

um sieben Uhr am Morgen. Über dem Eingang war eine Sieben zu sehen. Eine große Zahl, die hell leuchtete und die Gäste anlocken sollte. Nicht zu weit entfernt schob sich der Potomac durch das Bett. Zwischen Bar und dem Fluss hatten sich kleine Läden an den Straßen und Flanierwegen angesiedelt. Platanen und Ahorns, die im Sommer das Sonnenlicht durch ihr Laub filterten, sahen jetzt kahl aus und wirkten auf manche Menschen wie moderne Kunstwerke.

In der dunkleren Winterzeit hätte der Besitzer – er hieß Reza Widman – die Bar eigentlich früher öffnen können, aber er blieb seinem Grundsatz treu, erst um 19 Uhr seinen Laden den Gästen zugänglich zu machen, und so kam es, dass das Lokal eigentlich immer gut gefüllt war.

Auf einem der sieben Hocker an der Theke saß ein Mann, der eine braune Lederjacke trug. Clint Walker hatte sich dort hingesetzt, von wo er einen guten Überblick besaß. Eine alte Angewohnheit von ihm, sich den Rücken frei zuhalten. Einer wie er befand sich irgendwie immer im Dienst. Man konnte nie wissen.

Er hatte sich einen Whisky bestellt und dazu Sodawasser. Sechs der sieben Tische waren besetzt. Zumeist von Paaren, und einige kannte Walker vom Sehen. Zwischen den Fenstern war noch genügend Platz für kleine Bilder, die der Besitzer dort aufgehängt hatte.

Seine Mutter stammte aus dem Iran. Der Vater – ein Amerikaner – konnte auf eine deutsche Abstammung zurückschauen und war sehr blond gewesen, so besaß Reza Widman beinahe blonde Haare und dazu eine leicht dunklere Haut, was ihn irgendwie interessant machte.

Er hatte bereits in Filmen mitgespielt. Immer in einer Rolle als Barmann, das konnte er am besten.

Seit elf Jahren führte der 40jährige Reza Widman sein Lokal jetzt und war mit dem Umsatz durchaus zufrieden. Er war stets gleich angezogen.

Eine schwarze Hose, ein helles Hemd und eine schwarze Weste, die er nie zugeknöpft hatte. Er war zu allen Gästen freundlich und zugleich unverbindlich, so kam er mit den Leuten stets gut zurecht. Berufe der Gäste interessierten ihn nicht, obwohl er wusste, womit die meisten, die fast jeden Tag in sein Lokal kamen, ihr Geld verdienten.

Verheiratet war er nicht. Er hatte aber eine Freundin, die hin und wieder im Lokal aushalf. Sie hieß Carmen, stammte aus Mexiko und war eine rassige Schönheit mit unwahrscheinlich dichten, rabenschwarzen Haaren. An diesem Abend war sie nicht da. Zur Hand ging Widman ein Student, den er hin und wieder engagierte. Es war ein blasser Knabe mit vielen Sommersprossen, der von den Mädchen als Schlaftablette bezeichnet wurde, aber er konnte arbeiten. Nur das zählte für Widman.

Clint Walker nuckelte an seinem Drink. Er hatte an diesem Abend allein sein wollen und war trotzdem unter Menschen gegangen. In der Wohnung wollte er nicht bleiben. Sein Alleinsein schloss andere Menschen nicht aus, aber er musste sich mit ihnen nicht unbedingt unterhalten, wenn er wollte. So konnte er seinen Gedanken nachgehen und sich die Besucher der Bar anschauen.

Er sah sie, registrierte die bekannten und neuen Gesichter und war gedanklich trotzdem weit weg. Er beschäftigte sich nicht mit seinem eigenen Schicksal, sondern mit dem der vier Toten.

Verdammt, er hatte sie alle gekannt!

Nicht nur flüchtig, sondern sehr gut. Sie waren auf der Akademie Kumpel, Kollegen und Freunde gewesen. Sie hatten sich gefunden, sie hatten so manchen Spaß miteinder gehabt, und auch später hatten sie sich nicht aus den Augen verloren, sondern waren immer in Kontakt geblieben. Sie hatten sich sogar in bestimmten Abständen getroffen, dann ausgiebig gefeiert, aber das war in der letzten Zeit selten geworden. Es gab einfach zu viel zu tun.

Und jetzt das.

Vier Tote!

Clint Walker war nicht dumm. Er konnte gut addieren, und er wusste, dass einer noch fehlte, dann war die Reihe perfekt, dann hatte es auch ihn erwischt.

Irgendein Killer hatte es auf sie abgesehen. Der Tod seiner Freunde hatte sich natürlich auch bei ihm herumgesprochen. Überhaupt brodelte es in der Organisation, und er wusste, dass es einen Zusammenhang gab. Aber das war noch nicht bis in die obere Spitze durchgedrungen oder man hatte sich dagegen gesträubt.

Es war nicht gut, wenn das FBI vier Leute verlor, die in ihrem Job sehr erfolgreich gewesen waren. Man hatte auch vermieden, es in die Presse zu setzen, und das war gut so. Zu einer Hysterie sollte es nicht kommen.

Einer ist übrig, dachte er. Und das bin ich.

Immer wenn er daran dachte, zuckte ein bitteres Grinsen um seine Lippen, aber er konnte es auch nicht ändern und musste alles auf sich zukommen lassen.

In den letzten Wochen war er natürlich wachsamer geworden. Noch mehr als sonst. Aber als gut wollte er das nicht ansehen, denn diese übergroße Wachsamkeit behinderte ihn auch in seinen Reaktionen. Er verlor so einen Teil seiner Objektivität, die er in seinem knochenharten Job unbedingt brauchte.

Der Inhalt der kleinen Sodaflasche reichte für zwei Drinks. Den ersten hatte er weggekippt. Er brauchte keinen zweiten zu bestellen. Reza Widman hatte seine Blicke überall. Sehr schnell war er mit der Flasche da.

»Den zweiten, Chef?« Er sagte immer ›Chef‹.

»Sicher.«

»Bleibt es heute dabei?«

»Keine Ahnung. Mal sehen, wie ich mich fühle.«

Widman schaute ihn aus seinen dunklen Augen an. »Viel Stress im Job, Chef?«

»Kann man sagen.«

Der Wirt stellte die Flasche wieder auf die Theke, die er jeden Tag polierte. Bei ihm sah alles gepflegt aus. Selbst sein Hemd wechselte er zweimal am Tag. »Ich möchte nicht mit Ihnen tauschen, Chef, wirklich nicht.«

»Da haben Sie Recht.«

»Kann ich helfen?«

Clint Walker lächelte. »Danke, aber das wird nicht klappen. Gewisse Dinge muss man eben allein durchziehen. Da nutzt der beste Rat eines Freundes nichts.«

»Verstehe.« Widman lächelte dünn. »Die Zeiten kenne ich. Im Moment geht es mir gut.«

»Liegt das an Carmen?«

»Ja, genau. Sie ist super, kann ich dir sagen.« Manchmal sprachen sie beide vertraut miteinander.

»Du solltest sie behalten, Reza.«

»Weiß noch nicht.«

»Na ja, du bist vierzig, nicht?«

»Leider.«

»Hör auf. Ich kenne viele Leute, die diese Zahl nicht

erreicht haben. Aber mit vierzig sollte man wissen, wo man hingehört. Finde ich jedenfalls. »

»Mal schauen, wie das mit Carmen läuft. So lange wie mit ihr bin ich noch mit keiner zusammen gewesen.«

»Immerhin ein Vorteil.«

Widman lächelte. »Und was ist mit dir? Was macht deine blonde Freundin?«

»Ach – Belinda.«

»Ja.«

»Sie ist nicht schlecht.«

Widman nickte. »Das sieht man ihr an. Die hat Feuer. Ebenso wie meine Carmen.«

»Stimmt.«

»Wie lange kennst du sie jetzt?«

Walker trank einen kleinen Schluck. Diesmal ohne die Soda-Verdünnung. »Ich weiß es nicht genau. Vielleicht zwei Wochen. Aber sie ist wirklich gut.«

Widman lächelte. »Wo lebt sie eigentlich?«

Walker horchte auf. »Das kann ich dir nicht genau sagen. Ich weiß, dass sie hier in der Stadt zu Hause ist. Aber ich war noch nie bei ihr. Wir haben uns immer hier getroffen und sind dann zu mir gefahren. Aber du hast Recht, Reza. Danach muss ich sie fragen. Komisch, dass ausgerechnet ich das vergessen habe.« Er schüttelte den Kopf und brachte den Wirt zum Lachen.

»Na ja, das passiert eben, wenn man so einen Schuss an der Hand hat. Da ist in der ersten Zeit alles anders. Als ich Carmen kennenlernte, habe ich den Überblick verloren. Wir Männer scheinen so gestrickt zu sein. Kommt sie denn heute noch?«

»Eigentlich nicht. Wir haben nichts verabredet. Ich wollte hier meinen Drink nehmen und mich in die

Falle hauen. Morgen Abend muss ich nach L.A. fliegen. Ich werde mich dann tagsüber richtig ausschlafen.« Er goss Sodawasser in das Glas.

Reza Widman klopfte auf die Theke. Er hatte gesehen, dass er gebraucht wurde. »Bis später dann.«

»Okay.«

Das Gespräch mit Widman hatte Walker von den bedrückenden Problemen abgelenkt. Kaum war er allein, da kehrten die Gedanken zurück. Er dachte wieder zurück. Er dachte an seine vier toten Freunde und daran, dass er als einziger zurückgeblieben war.

Man würde ihn holen. Er würde nicht überleben, wenn es nach dem Willen des Killers ging. Er kannte die Fotos. Er würde sie niemals vergessen. Seine Freunde waren nicht nur einfach umgebracht worden, man hatte sie regelrecht abgeschlachtet. Obwohl ihm dieser Ausdruck sehr bitter aufstieß, konnte er sich dem Vergleich nicht entziehen. Die Kollegen konnten nicht von einem Menschen getötet worden sein. Zumindest von keinem normalen. Ein Tier, eine Bestie oder war auch immer hatte sich über sie hergemacht.

Einfach so. Jemand musste sie irrsinnig hassen, und zwar jeden aus der Gruppe.

Aber wer würde durch diesen Hass so weit getrieben, dass er alles über Bord warf?

Walker war nicht in der Lage, darauf eine Antwort zu geben. Noch nicht. Aber es gab ein Motiv. Das gab es immer. Auch wenn manche völlig widersinnig in den Augen eines normalen Menschen waren. Sie existierten, und das war auch bei ihnen so.

Was hatten sie getan?

Walker hatte hin und her überlegt. Es gab da etwas in der Vergangenheit, was die Gruppe zusammengeschweißt hatte. Eine Tat, die lange zurück lag und an die er auch nicht erinnert werden wollte. Es war auch mehr ein Versehen gewesen. Man hatte so einiges unter den Tisch fallen lassen.

Wie dem auch sei. Das konnte ein Motiv sein, musste es aber nicht unbedingt.

Gäste gingen und kamen. Ein ständiger Wechsel. Die wenigsten blieben länger.

Wieder schwang die Tür auf. Wieder fegte ein Schwall kalter Luft in die Bar.

Und mit ihm kam sie.

Sie ging einen Schritt nach vorn, drehte sich zur Theke hin um und nickte Clint Walker zu, der kurz den Kopf schüttelte, denn mit Belindas Erscheinen hatte er nicht gerechnet ...

Sie trug wieder ihren langen Ledermantel, dessen Farbe in dem Bereich zwischen Grün und Braun lag. Da sie ihn nicht geschlossen hatte, sah er darunter den beigefarbenen Pullover und auch die schwarze Samthose. Ihre Umschläge reichten bis über die Stiefeletten hinweg.

Clint Walker war so überrascht, dass er zunächst nichts sagen konnte. Belinda genoss ihren Auftritt. Sie wusste, dass sie gut aussah und die Blicke auf sich zog. Egal, ob von den Männern oder den Frauen. Das lange blonde Haar mit dem rötlichen Naturschimmer breitete sich wie ein Dreieck auf ihren Schultern aus. Wie immer war das Gesicht etwas blass, und wie immer verliehen die leicht schräg stehenden Augen ihr einen katzenhaften Ausdruck.

Viele Männer fanden das toll, und auch Clint Walker gehörte dazu. Er hatte sich einfangen lassen von dieser Wildkatze. Er mochte keine Frauen, die nicht auf ihren eigenen Beinen standen und sich mehr oder weniger von ihrem Partner aushalten ließen. Das war bei Belinda nicht der Fall. Sie ließ sich nicht einfangen. Sie kam und ging, wann sie wollte. Da traf der Vergleich mit einer Katze ebenfalls zu.

Die erste Überraschung hatte Clint schnell überwunden. Auch er lächelte und rutschte vom Hocker, als Belinda auf ihn zukam. Sekundenlang dachte er daran, dass er einen Traum durchlebte, dann aber war sie bei ihm und küsste ihn zuerst auf beide Wangen und schließlich auf den Mund. Der Agent rührte sich nicht, und erst als Belinda ihn losließ, holte er Luft.

»Überrascht?«, fragte sie.

»Ja, ja«, flüsterte er, »das kann man wohl sagen. Mit dir habe ich nicht gerechnet, Belinda.«

»Positiv überrascht?«

»Sicher.«

Sie rutschte auf den Hocker neben Clint und legte ihm eine Hand sanft auf das Knie.

Reza Widman wieselte heran, strahlte über das ganze Gesicht und deutete einen Diener an. »Was kann ich der schönen Frau denn zu trinken bringen?«

»Ein Glas Weißwein. California.«

»Sehr wohl.«

Als Widman verschwunden war, hatte sich auch Clint Walker wieder gefangen. »Ist irgendwie toll, dass ich dich heute noch sehe. Dann können wir den Abend gemeinsam verbringen.«

»Können wir, bevor du an die Westküste fliegst.«

»Darf ich dir den Mantel abnehmen?«

»Nein.«

Die Antwort überraschte ihn. Dementsprechend sah auch sein Gesicht aus.

Belinda lachte fröhlich. Bevor der Wein serviert

wurde und bevor sich Clint eine Antwort zurechtgelegt hatte, gab sie die Erklärung ab. »Ich möchte nicht lange bleiben. Das eine Glas Wein, dann gehe ich wieder.«

»Schade.«

»Ach – warum? Ich nehme dich mit. Zumindest dachte ich, dass du mitkommen würdest.«

»Hmmm.« Er schob die Unterlippe vor, die am linken Ende eine Narbe aufwies, was Belinda sexy fand, wie sie gesagt hatte. »Das hört sich nicht schlecht an, wo wir uns doch in den nächsten Tagen nicht sehen werden.«

Reza Widman servierte den Wein. »Er ist von unserem besten. Ausgezeichnet.«

»Ja, danke.«

Belinda probierte ihn, nickte zufrieden und lobte das Getränk, dessen Farbe zwischen Gelb und Grün schimmerte.

Reza war zufrieden und widmete sich wieder seinen anderen Gästen. Belinda und Clint prosteten sich zu. Als der G-man sein Glas abstellte, sagte er: »Wir werden zu mir fahren, aber du musst den Wagen lenken.«

»Nein, Clint.«

»Wieso?« Wieder versetzte ihn die Antwort in Erstaunen. »Da komme ich nicht ganz mit.«

»Ist sehr einfach. Diesmal fahren wir nicht zu dir, sondern zu mir.«

Diese Antwort haute Walker beinahe vom Hocker. Er fuhr durch sein braunes Haar und schüttelte den Kopf. »Das kann doch nicht wahr sein, wir fahren zu dir?«

»Ja. Endlich, nicht?«

»Kannst du wohl sagen.«

»Ich habe mir die Überraschung bis zum Schluss aufbewahrt.«

»Und wo geht es hin?«

Belinda ließ sich Zeit mit der Antwort. Zunächst trank sie einen Schluck Wein, dann spielte sie mit dem Glas und sagte: »Ich wohne nicht weit von hier.«

»Das dachte ich mir, aber wo?«

»In der Bahn.«

»Was?«, rief er.

Sie gab die Antwort lauter. »In einem Waggon, der auf dem Gartengelände steht. Dahin habe ich mich zurückgezogen, und dort fühle ich mich auch wohl.«

Clint Walker starrte sie an, ohne ein Wort sagen zu können. Er rang mit seiner Fassung. »Das habe ich mir beim besten Willen nicht vorgestellt. Wirklich nicht. In einem Waggon!«

»Ja. Du wirst sehen, wie gemütlich man ihn einrichten kann. Es gibt dort alles, was man braucht. Du kennst doch die Anlagen nicht weit vom Fluss.«

»Schon.«

»Dort wohne ich nicht allein«, sagte sie und strich mit dem rechten Mittelfinger über seine Brust von oben nach unten. Dabei hinterließ der Finger kleine Wellen im Stoff des schwarzen Pullovers. »Es gibt Nachbarn, die ihre Gartenhäuser winterfest gemacht haben. Und das sind keine von der Gesellschaft Ausgestoßene, sondern Menschen wie du und ich. Leute, die einfach die sehr hohen Mieten in der Stadt nicht bezahlen wollen oder können. Also haben sie sich in die Anlage zurückgezogen.«

»Nicht schlecht.«

»Eben.«

»Aber du ...«

»Was soll ich machen? Ich gehöre nicht zu den

Menschen, die über ein Vermögen verfügen. Ich habe mal in einer Mini-Wohnung gelebt, aber da fühlte ich mich wie eine Gefangene. Deshalb bin ich in den Waggon gezogen.«

Clint Walker hatte sich mittlerweile damit abgefunden und konnte wieder lächeln. »Finde ich ja super«, sagte er. »Jetzt weiß ich auch, warum du immer so geheimnisvoll getan hast, wenn es um deinen Wohnort ging.«

»Ich musste nur den richtigen Zeitpunkt abwarten, Clint. Das war alles.«

»Das hast du geschafft.«

Sie trank ihr Glas fast leer. Danach lächelte sie für einen Moment ins Leere. Wie jemand, der mit seinen Gedanken ganz woanders ist. »Wir werden bestimmt viel Spaß miteinander haben, Clint. Das kann ich dir versprechen.«

Diesmal lächelte er. Seine Augen schimmerten dabei.

»Das kann ich mir gut vorstellen.«

Sie zuckte mit den Schultern. »Wie lange möchtest du noch hier bleiben?«

»Wir können sofort los.«

»Umso besser.«

Mit einer knappen Handbewegung winkte er Widman zu sich heran und bat um die Rechnung.

»Kommt sofort«, sagte Reza und zwinkerte ihm zu. »Das wird ja noch eine tolle Nacht für dich.«

»Denke ich auch.«

Belinda mischte sich nicht in das Gespräch ein. Sie trank den letzten Rest und stellte das leere Glas zurück. Keinem der Männer fiel der kalte und schon grausame Ausdruck in ihren Augen auf. Als sie einen letzten Weintropfen von ihren Lippen ableckte, da tat sie es mit einem wahren Genuss, als wollte sich ein Vampir noch an einem übrig gebliebenen Tropfen Blut laben …

Nicht mal acht Minuten später saßen sie in Belindas Auto. Auch jetzt zeigte sich der FBI-Agent überrascht. »Ich wusste nicht, dass du einen Van fährst.«

»Ach, habe ich dir das nie gesagt?«

Er schnallte sich an. »Nein, hast du nicht. Aber du bist ja für viele Überraschungen gut.«

»Das stimmt. Und nur so etwas hält eine Beziehung lange frisch und macht sie spannend.«

»Ich kann dir nicht widersprechen.«

Belinda lenkte den Van und fuhr ihn sicher. Clint Walker konnte sich beruhigt zurücklehnen und daran denken, was ihm die nächsten Stunden wohl brachten.

Sicherlich würden sie noch etwas trinken. Belinda liebte Champagner, und den hatte sie bestimmt schon kalt gestellt. Was dann passierte und vom Champagner beflügelt war, das ging nur sie beide an. Es würde eine wunderbare Nacht werden, davon war er überzeugt.

An diesem Abend hatte ihn alles zusammen erwischt. Ihr Auftreten, die Bekanntgabe ihrer Wohnung, jetzt das Auto, das hatte er zuvor alles nicht gewusst. Darüber konnte er sich nur wundern, aber er dachte auch nach, warum sie das erst so spät preisgegeben hatte. Für ihn war Belinda trotz allem noch immer ein Rätsel. So ganz war er nicht hinter ihre Fassade gedrungen.

Sie schaute ihn an.

Er lächelte.

»Fühlst du dich gut?«, fragte sie.

»Im Moment schon. Auch wenn du für mich noch immer ein gewisses Rätsel bist.«

»Das sollten Frauen immer für die Männer sein. Sonst stumpft die Liebe ab.«

»Hast du so viele Erfahrungen sammeln können?«

»Nein, das nicht. Ich habe einfach nur viel über das Thema gelesen, das ist alles.«

»Klar. Heute wird jedes Problem analysiert. Auch dann, wenn es keines ist.«

»Du sagst es.«

Sie hatten das Zentrum des Vororts mittlerweile verlassen. Jetzt fuhren sie in Richtung Fluss, dessen Wasser wie eine unendlich lange Schlange aussah, die sich mit ihrem Kopf dem Meer entgegenwand. An manchen Stellen schimmerte das Wasser silbern auf, als hätte sich das Licht des Mondes darauf verloren. Die Lichter am anderen Ufer waren in der klaren Nacht gut zu erkennen. Sie wirkten wie ein Bild, das aus den Tiefen des Alls erschienen war.

Clint Walker wusste zwar, dass es in der Nähe des Potomac Gartenanlagen gab. Er hatte sie jedoch noch nicht besucht und wusste auch nicht genau, wie man hinkam.

Aber Belinda kannte sich aus. Sie verließen die normale Straße und rollten über einen schmalen Weg weiter, der parallel zum Fluss verlief.

Links von ihnen lag die Anlage. Der größte Teil wurde von der Dunkelheit verschluckt, aber es gab auch immer wieder kleine Lichtinseln, und zwar dort, wo die Lauben und Häuser standen.

Belinda drehte das Lenkrad so heftig nach links, dass Clint überrascht wurde und die Arme hochriss.

»Fast hätte ich die Abfahrt verpasst.«

Er setzte sich wieder normal hin. »Und ich dachte, du kennst dich hier aus.«

»Ja, das dachte ich auch. Ich war eben mit meinen Gedanken zu stark beschäftigt.«

»Verstehe.«

»Genau das.«

Beide lachten, und Clint fühlte sich top. Dass die Nacht für ihn so ablaufen würde, hätte er sich nicht in seinen kühnsten Träumen ausgemalt.

Er schaute nach vorn und verfolgte die helle Spur der beiden Scheinwerfer.

Der Weg war schmal und geteert. Zu beiden Seiten breiteten sich die Gärten aus. Wege führten hinein, einige so breit, dass man bequem mit einem Wagen bis an die Gartenhäuser heranfahren konnte. Sie waren nicht alle belegt. Der Agent stellte fest, dass die meisten sogar im Dunkeln lagen, und sie rollten einem Gebiet entgegen, in dem so gut wie kein Licht zu sehen war.

Sie erreichten eine Kreuzung. Belinda hielt an und schaute sich kurz um.

»Was suchst du?«

»Meinen Parkplatz.«

»Ist vor dem Haus ...«

»Nein, das ist zu eng. Um den Wohnwagen herum wächst eine Hecke. Ich habe sie nicht gepflanzt. Das haben die Besitzer getan. Sie wohnen nur im Sommer hier. Im Winter ist es ihnen zu kalt. Na ja, es sind alte Leute.«

Ein Hase huschte aus dem Lichtschein weg, als Belinda wieder anfuhr. Geradeaus ging es weiter. Die Dunkelheit wurde das Licht zerstört. Es verwandelte die Umgebung in eine gespenstisch bleiche Landschaft.

Dann mussten sie nach rechts. Wieder zerrte Belinda das Lenkrad ein wenig zu heftig herum und lachte dabei. »Ja, ja, manchmal sind meine Fahrkünste nicht eben perfekt.«

»Kann jedem passieren.«

»Aber wir sind bald da.«

Da hatte sie nicht gelogen. Es waren nur wenige Meter, bis sie den Van anhielt. Das direkt neben einer dichten Hecke.

»Alles klar?«

»Du kannst aussteigen, Clint.«

Er schaffte es besser als Belinda, denn beim Öffnen schlug die Tür auf ihrer Seite gegen die Hecke. So drückte sie sich heraus. Vor der Kühlerhaube trafen die beiden zusammen. Belinda nahm ihren Freund an die Hand und führte ihn auf eine kleine Pforte zu, die Walker in der Höhe bis zum Hosengürtel reichte.

»So, da wären wir.« Sie schob die Pforte auf. Dann ging sie vor und hinein in die Dunkelheit, denn auf dem Gelände brannte keine einzige Lampe.

Über ihnen schwebte der bleiche Mond als Beleuchtung. Ihm warf Belinda hin und wieder einen Blick zu, als wollte sie so einen guten Freund begrüßen.

Nicht dass Clint Walker besonders misstrauisch gewesen wäre, aber auf einem fremden Gelände schaute er sich immer so gut wie eben möglich um. Er war darauf geeicht, Gefahren erkennen zu können, um sich dann darauf einzustellen, doch hier sah er nichts. Außer ihnen bewegte sich niemand in der Nähe. Und wenn, dann hätte die Dunkelheit auch einiges verschluckt.

Es war tatsächlich ein Eisenbahnwaggon, der da mitten im Garten stand. Ein alter Wagen mit einem Dach, das an der Vorder- und Rückseite weit vorgezogen war. Ob der Wagen auf Schienen stand, konnte der G-man nicht erkennen.

Belinda hielt den Schlüssel bereits in der Hand, noch bevor sie die Tür erreicht hatte. Traumhaft sicher fand sie sich auch im Dunkeln zurecht. Als sie dann aus ihrer gebückten Haltung hochkam und den Kopf drehte, sah er für einen Moment ihr Gesicht und auch das Schimmern in den Augen.

Es war ein ungewöhnliches Licht. So kalt und zugleich fremd. Als hätte sich der Schein des Mondes darin verfangen.

Er wunderte sich und wollte genauer hinsehen, doch da hatte Belinda den Kopf bereits zur Seite gedreht und die offene Waggontür aufgezogen.

»Warte, ich mache Licht.«

Sie ging drei Stufen hoch und schob sich durch die offene Tür. Wenig später wurde es im Wagen hell. Es gab also elektrischen Strom, und deshalb würde es auch Wärme geben.

»Kommst du, Clint?«

»Sofort.«

Der FBI-Agent betrat den Wagen und war zunächst mal überrascht. Da war wirklich alles vorhanden, was man zum Leben brauchte, und der Waggon erinnerte an ein Wohnmobil. Aber er war um einiges enger und auch breiter.

Die Einrichtung gefiel ihm nicht, weil sie einfach zu plüschig war. Aber sie passte wohl zu den alten Menschen, denen das Ding gehörte. Wenn sie ihren Wagen vermieteten, konnten sie nicht jedes Mal eine neue Einrichtung besorgen.

Die Einbauten waren geblieben, auch wenn sie mit irgendwelchen Stickern beklebt waren. Sie zeigten Motive aus der Natur. Blumen ebenso wie Tiere.

Das letzte Drittel des Waggons war abgeteilt. Wahrscheinlich lag hinter der Tür das Badezimmer.

Clint Walker stand im Raum, hatte die Hände auf die Hüften gestützt, schaute sich um und meinte: »So lebst du also.«

»Ja, so lebe ich. Gefällt es dir?« Belinda zog auch noch den letzten Vorhang zu. »Was soll's, Clint. Ich habe eine Bleibe gefunden, die ziemlich preiswert ist. Warm ist es auch.« Sie deutete auf einen Elektroofen.

»Wo schläfst du?«

Sie nickte in Richtung Couch. »Sie lässt sich ausziehen. Zwar ersetzt sie kein Bett, aber es geht. Ist ja nicht für immer. Später suche ich mir etwas anderes.«

»Klar.«

Sie lächelte ihn kurz an. »Ich lasse dich mal für einen Moment allein, Clint.«

»Gut. Und wo steht der Champagner?«

»Im Kühlschrank.«

»Soll ich schon einschenken?«

»Wie du möchtest.« Mit einem Lächeln auf den Lippen verschwand sie hinter der Tür.

Clint Walker ging zu dem eingebauten Kühlschrank unterhalb der Spüle.

Er fand eine Flasche Champagner und einige Dosen mit Wasser. Gläser entdeckte er in einem fest montierten Hängeschrank, aber es waren breitere Weingläser.

Er stellte die Flasche auf dem Tisch direkt vor der Couch mit dem geblümten Stoff ab und wollte sich wieder aufrichten, als er zögerte. Sein Blick war auf die Couch gefallen. Belinda hatte ihm gesagt, dass man sie ausziehen konnte, doch als er hinschaute, da schüttelte er den Kopf.

Das Ding war nicht zum Ausziehen. Da gab es keinen Kasten unter der Sitzfläche.

Warum hatte sie das gesagt?

Er begann zu grübeln und setzte sich auch nicht hin, sondern schaute sich im Stehen um.

In seinem Gehirn begann es zu arbeiten. Die Lockerheit verschwand. Er betrachtete den Waggon jetzt mehr mit den Augen eines Polizisten. Dabei behielt er stets im Kopf, was ihm Belinda gesagt hatte. Okay, sie wohnte hier, das akzeptierte er. Das war auch alles okay, aber wenn jemand in einem derartigen Waggon lebte – sei es auch nur für wenige Wochen –, versuchte die Person immer, etwas von ihrer eigenen Persönlichkeit mit hineinzubringen, und genau das fand er hier nicht. Es gab nichts, was auf Belinda hinwies. Kein Kleidungsstück, keine Schuhe, kein Buch, keine Illustrierte, rein gar nichts. Neben der neutralen Glotze befand sich ein schmaler, eingebauter Kleiderschrank, dessen Tür sich leicht aufziehen ließ.

Ein wenig komisch kam sich Clint schon vor, hier herumzuschnüffeln, aber er wollte auch nur einen kurzen Blick in den Schrank werfen und ihn dann wieder schließen.

Er schaute trotzdem länger hin.

Die Kleidung, die er fand, roch schon alt und leicht feucht. Und sie gehörte sicherlich nicht Belinda. Die alten Kleider, Hosen und Jacken gehörten älteren Menschen, auf keinen Fall Belinda, die sich topmodisch kleidete.

Das beunruhigte ihn.

Zwangläufig kam ihm der Gedanke an seine vier toten Freunde. Jetzt eine Verbindung zu Belinda zu ziehen kam ihm schon fantastisch vor, und er wollte auch den Kopf darüber schütteln, aber das schaffte er seltsamerweise nicht.

Er schloss den Schrank wieder

Unruhig ging er auf und ab. Der alte Teppich auf dem Boden hatte mal ein Muster gehabt, war jetzt jedoch völlig verblasst.

Clint Walker konnte sich nicht vorstellen, dass Belinda hier tatsächlich wohnte. Trotz allem war das nicht ihr Stil. Es passte einfach nicht.

Den Ledermantel hatte sie ausgezogen und über einen der beiden kleinen Sessel gehängt. Walker ging hin und hob ihn an. Er drehte ihn, fühlte an den Taschen nach und fand einen kleinen Schlüssel, mit dem sie die Tür aufgeschlossen hatte.

Das Ding sah ziemlich neu aus. Wie der perfekte Nachschlüssel. Er ließ ihn wieder in der Tasche verschwinden, und seine Stirn umwölkte sich. Allmählich rang er sich zu der Feststellung durch, dass bei Belinda nicht alles stimmte, und er war sicher, dass er ihr einige Fragen stellen würde.

Sie öffnete die Tür spaltbreit. »He, Clint ...«

»Ja.« Er fuhr herum und fühlte sich ertappt.

»Kommst du?«

»Und dann?«

»Ich möchte duschen. Aber nicht allein.« Sie lachte. »Oder ist dir das nicht recht?«

»Doch, gern, klar. Eine Dusche kann ich auch vertragen. Besonders wenn sie heiß ist.«

»Das kann ich dir garantieren.«

Er zog seine Jacke ebenfalls aus und hängte sie über Belindas Mantel. Die Waffe nahm er ab. Er legte den .45er in den gleichen Sessel, und zwar so hin, dass er nicht leicht entdeckt werden konnte.

Dann ging er auf die Tür zu, die Belinda offen

gelassen hatte. Er musste sie noch weiter aufziehen, um diesen für ihn neuen Teil des Waggons zu betreten. Er war größer, als er sich vorgestellt hatte. Eine recht geräumige Dusche war ebenso vorhanden wie eine Toilette. Belinda hatte sich noch nicht ganz ausgezogen. Sie trug noch ihre Dessous. Einen duftigen BH mit halben Schalen und ein Nichts von Slip, der ihr Dreieck kaum verdeckte.

Sie lächelte ihn an und strich ihre Haare dabei zurück. »Na, freust du dich?«

»Klar, aber ...«

»Wieso aber?« Sie trat dich an ihn heran und umschlang seinen Nacken. »Es ist doch alles klar zwischen uns oder etwa nicht?«

»Das schon. Ich wundere mich nur über ...«

»Lass es doch.«

»Ich möchte mit dir reden.«

Sie verschloss ihm den Mund mit einem Kuss und ließ dabei ihre Zunge tanzen.

Clint kannte ihre Küsse, und er wusste auch, wie sie ihn damit schwach machen konnte. Für einen Moment dachte er daran, sie wegzuschieben, doch dieser Vorsatz verlor sich, als sie ihren festen Körper an ihn drückte. Auch wenn er mit seiner Vermutung Recht behielt, war es nicht weiter tragisch, wenn sie hier nicht wohnte. Als Liebesnest konnte man es schon aushalten.

Belinda war wie eine lebende Klammer. Sie wollte ihn nicht loslassen und saugte sich an seinem Mund regelrecht fest.

Irgendwann allerdings lösten sich ihre Lippen von seinem Mund, und sie schob den G-man zurück.

»Na, hast du jetzt Lust?«

»Okay.«

»Wir werden es schon unter der Dusche treiben, das kann ich dir versprechen. Ich bin heiß, verdammt heiß. Ich will es heute Nacht besonders stark treiben. Ich will alles, verstehst du? Alles.«

Sie hatte schnell, keuchend und auch hektisch gesprochen. Er hatte seine Augen auch nicht von ihrem Gesicht gelassen und glaubte wieder, die Veränderung darin zu sehen. Dieses geheimnisvolle und auch unerklärliche Leuchten, mit dem er sich auf keinen Fall anfreunden konnte. Für ihn war das nicht normal. Er kannte keinen Menschen, dessen Augenfarbe sich so verändern konnte.

Sie standen sich gegenüber.

Belinda lächelte ihn an.

Clint wollte zurücklächeln, aber irgendwie schaffte er das nicht. So wurde aus dem Lächeln nur ein schiefes Grinsen. Gleichzeitig baute sich wieder das Misstrauen in ihm auf.

Der Schlag traf ihn völlig unvorbereitet. Und das genau zwischen die Beine. Mit knochenharter Faust hatte Belinda zugeschlagen. Sie hörte nun den jaulenden Schrei des Mannes, der in die Knie sackte und dabei seine Hände vor die getroffene Stelle presste. Den Kopf hielt er angehoben. Sein Gesicht war von einem schrecklichen Schmerz gezeichnet.

Belinda machte eiskalt weiter. Sie hatte gewollt, dass der FBI-Agent in die Knie sackte und auch so schnell nicht wieder in die Höhe kam.

Sie schlug noch zweimal zu.

Diesmal mit einem Schraubenschlüssel, der in der Nähe auf einem kleinen Hocker gelegen hatte. Es war einer dieser schweren Schlüssel, der Clint Walker zuerst am Kopf und dann im Nacken erwischte und sein Bewusstsein auslöschte.

Schwerfällig fiel er zur Seite und blieb regungslos auf dem Boden liegen.

Belinda nickte. »Der Letzte«, flüsterte sie. Dann bist du endlich gerächt, Keagan . . .«

Die Bar mit dem Namen Sieben zu finden, war einfach gewesen. Sogar einen Parkplatz hatten wir in der Nähe. Nach der Einnahme von zwei Tabletten ging es Abe Douglas auch wieder besser, doch völlig fit fühlte er sich noch nicht.

Abe rieb seinen Nacken, als er neben mir herging. »Ich hoffe, dass wir den Killer finden. Noch in dieser Nacht. Wenn nicht, sehen wir bescheiden aus. Vier sind umgebracht worden. Und sie wird weitermachen, darauf kannst du dich verlassen.« Er lachte. »Scheiße, eine Frau, tatsächlich eine Frau.«

»Und Bestie«, sagte ich. »Bestie Belinda. Das trifft in diesem Fall besser zu.«

»Stimmt.«

Ich öffnete die Tür, um Abe Douglas vorgehen zu lassen. Hinter ihm betrat ich das Lokal. Mit einem Blick stellte ich fest, warum das Lokal den Namen trug, denn die Zahl Sieben war hier überall präsent. Es war gut besucht, und an der Theke saßen auch einige Gäste, aber eine Belinda entdeckten wir nicht darunter. Keine Frau, die eine derartige Haarflut aufwies.

Douglas dachte das Gleiche wie ich, das erkannte ich an seinem Blick. »Sollen wir nachfragen oder verschwinden?«

»Komm, geh zur Theke. Ich liebe Wirte und Ober. Sie können oft sehr gesprächig sein.«

»Wie du willst.«

Setzen konnten wir uns nicht. So stellten wir uns am Rand an einen noch freien Platz und erhielten bald Besuch von einem Mann, dessen Haare blond, dessen Haut jedoch recht dunkel war.

»Was möchten die Gentlemen trinken?«

»Nichts«, sagte Abe. »Dafür eine Auskunft.«

Der Mann lächelte maliziös. »Dafür bin ich wirklich nicht zuständig. Sorry.«

Abe Douglas ließ sich nicht beirren. »War Clint Walker heute schon hier?«

»Wer will das wissen?«

»Ich!« Abe legte seine Dienstmarke auf den Tisch. Der Barmann wusste sofort, mit wem er es zu tun hatte.

»Ein Kollege von Clint?«

»Genau.«

»Tja – hm.« Der Mann schaute sich um. »Clint Walker war hier. Aber er ist wieder gegangen.«

»Wann?«

»Ist schon länger her. Fast eine Stunde, denke ich.«

»War er allein?«

Reza Widman lachte leise. »Zuerst schon. Wie ich die Dinge einschätze, wollte er auch allein bleiben. Das klappte nicht, denn plötzlich erschien sie.«

»Belinda?«

»Genau. Clint war überrascht. Aber nicht negativ. Die beiden verstanden sich aufgezeichnet. Sie haben sogar geturtelt, und dann sind sie gegangen. Einfach so.«

»Wohin?«

Der Mann schaute auf seine Hände. Vielleicht wollte er die Momente der Verlegenheit überbrücken.

»Können Sie das sagen, Mister?«

»Ja oder nein.«

»Was denn nun?«

Widman hob seinen Kopf wieder an. Er blickte uns jetzt in die Gesichter. »Ich will nichts Falsches sagen, das müssen Sie verstehen. Die beiden saßen am anderen Ende der Theke. Ich hatte auch viel zu tun, der Laden hier brummt. Da kann man nicht auf jedes Wort achten und es auch behalten.«

»Was haben Sie denn gehört?«

»Die beiden wollten zu ihr.«

»Das ist ja immerhin etwas. Jetzt brauchen Sie uns nur noch zu sagen, wohin sie gefahren sind.«

Widman verzog die Lippen. Er wand sich, er drehte sich, er überlegte. »Das genaue Ziel habe ich nicht verstanden. Oder kann mir nicht vorstellen, dass es das gewesen sein soll.«

»Wieso nicht?«

»Ich hörte das Wort Waggon.«

Abe verzog sein Gesicht. »Ähm, Sie haben richtig verstanden? Meinten sie Waggon?«

»Ja. Oder Wagen. Kann auch sein.«

»Mehr nicht!« Als der Mann zu lange herumdruckste, wurde Abe deutlicher. »Reden Sie, Mister. Wir stehen hier nicht und stellen nur zum Spaß die Fragen. So etwas kann möglicherweise böse enden. Es kommt wirklich auf Sie an.«

»Es wurde noch von diesem Gartengelände gesprochen«, rückte er schließlich mit der Sprache heraus.

Abe klopfte auf die Theke. »Das am Fluss?«

»Ich denke schon.«

Er schaute mich an. »Ich kenne mich etwas aus, John. Das ist nicht weit weg.«

Ich nickte.

Abe wandte sich noch ein letztes Mal an den Bartmann. »Und sonst fällt Ihnen nichts mehr ein?«

»Nein, Sir, ich schwöre.«

Douglas klopfte ihm auf die Schulter. »Lassen Sie das mal bleiben, das führt zu nichts.«

Ich hatte mich schon gedreht und ging. An der Tür holte mich mein Freund ein. Er war aufgeregt. »Hör zu, John, dieser Platz ist ideal. Er liegt einsam. Man wird nicht gestört. Da kann sie dann tun und lassen, was sie will. Ich denke, dass man nicht mal seine Schreie hören wird, falls es dazu überhaupt kommt.«

Ich ließ ihn vorgehen. »Okay, dann suchen wir in einer Gartenanlage einen Eisenbahnwaggon.«

»Enttäuscht?«, fragte Abe.

»Nein, Abe, nur verwundert.«

Die Schmerzen rissen Clint Walker aus der Bewusstlosigkeit. Sein gesamter Körper schien in der unteren Hälfte in Flammen zu stehen und brannte wie verrückt. So stark, dass er die Schmerzen in seinem Kopf und das dumpfe Gefühl kaum spürte.

Trotzdem öffnete er die Augen. Sein Gesicht war verzerrt. Er holte tief Luft, und er spürte die Nässe der Tränen in seinen Augen. Dadurch wurde sein Blick verschleiert. Unendlich mühsam drehte er den Kopf herum und stellte fest, dass er auf der Couch lang ausgetreckt lag.

Belinda hatte ihn dorthin geschafft!

Belinda! Der Namen stach durch seinen Kopf. Er sah sie vor sich, er sah, dass sie nur ihre Dessous trug. Er erinnerte sich, wie sie ihn gepackt und zu sich herangezogen halte. Der wilde und lange Kuss hatte ihn abgelenkt.

Dann hatte sie zugeschlagen. Genau zwischen seine Beine. Er war in die Knie gesackt, getrieben von einem teuflischen Schmerz, und sie hatte freie Bahn bekommen, um zuzuschlagen.

Jetzt lag er hier. Gefesselt mit den eigenen Handschellen. Die Arme waren ihm auf den Rücken gedreht worden, und er spürte das harte Metall an seiner Haut.

Tiefes Atmen. Es war mit Geräuschen verbunden, die alles andere überdeckten. So hörte er nur seine eigenen Laute, aber er wusste, dass er nicht allein war.

Die Schläge gegen den Kopf hatten sein Denkvermögen nicht beeinträchtigt. Er dachte nicht mehr daran, was mit ihm passiert war, sondern erinnerte sich an seine vier Freunde, die nicht mehr lebten. Sie mussten sich in einer ähnlichen Lage befunden haben wie er jetzt auch, und sie hatten keine Chance gehabt.

Er hatte die Aufnahmen gesehen. All das Blut, die zerfetzten Körper. Dabei baute sich die Frage auf, ob Belinda, seine Belinda, zu so etwas fähig war.

Clint Walker konnte es sich nicht vorstellen, da er einfach zu subjektiv dachte. Aber in seiner langen Dienstzeit war er mit den scheußlichsten Verbrechen konfrontiert worden, und er hatte auch erlebt, wozu Frauen fähig waren.

Aber Belinda ...?

Sie war so einfühlsam gewesen. Andererseits hatte er auch erlebt, wie wild sie im Bett sein konnte. Fast schon wie eine große Katze.

Dieser Gedanke brachte ihn wieder auf den Bericht der Ärzte, die die Toten untersucht hatten. Die Männer waren mit keiner Waffe umgebracht worden, sondern mit Krallen oder Händen; es waren entsprechende Haare oder Hautpartikel gefunden worden.

Ein Tier hatte die Männer getötet, aber kein Mensch. Und Belinda war ein Mensch, eine Frau, und was für eine. Deshalb war es für ihn noch immer nicht zu fassen, dass sie, ausgerechnet sie, seine vier Freunde auf dem Gewissen hatte und jetzt er an die Reihe kommen sollte. Die eigenen Gedanken hatten ihn von den starken Schmerzen abgelenkt. Es war auch genügend Zeit vergangen, um sich auf die Realität konzentrieren zu können. Er stellte fest, dass man ihn auf die linke Seite gelegt hatte. Wenn er die Augen öffnete, würde er nach vorn schauen können.

Er tat es.

Es klappte besser. Kein Tränenwasser verschleierte mehr seinen Blick. Und dann sah er sie. Sie hatte sich den zweiten Sessel herangezogen, sich hineingesetzt und das Möbel so hingestellt, dass sie ihn ansehen konnte.

Clint wollte ihren Namen aussprechen, doch die Worte erstarben ihm auf der Zunge, als er ihren Blick sah und natürlich die kalten Augen, die einen raubtierhaften Ausdruck bekommen hatten. Sie waren so kalt und eisig. Da war nichts Menschliches mehr. Keine anderen Gefühle, nur Rache und Bosheit.

»Soll ich fragen, wie es dir geht, Clint?«, flüsterte sie, und der Hohn in ihrer Stimme war nicht zu überhören.

»Nein, das brauchst du nicht.«

»Kann ich mir denken.« Sie lachte. Abrupt hörte sie auf und sagte zischelnd: »Das ist erst das Vorspiel, Clint. Es wird noch einiges auf dich zukommen. Leider kannst du deine Kumpane nicht mehr fragen, aber ich kann dir erzählen, wie sie geschrien und gelitten haben. Wie sie mich anflehten, doch aufzuhören, was ich natürlich nicht getan habe. Ich habe es durchgezogen, Clint, bis zum bitteren Ende. Und das werde ich bei dir auch tun.«

Er ließ sich die Worte durch den Kopf gehen. Es war alles so verrückt. So widersprüchlich, und er überlegte verzweifelt, warum diese Person das alles getan hatte.

»Denkst du nach, Clint?«

»Ja, das tue ich.«

»Wunderbar. Du suchst nach den Gründen, nicht wahr?«

»Das ist klar.«

»Da musst du dein Gehirn schon anstrengen. Ich kann mir nicht vorstellen, dass du es vergessen hast. Denk weit, sehr weit zurück. Damals warst du noch mit deinen Kumpanen zusammen. Ihr habt so etwas wie einen ersten Einsatz durchgeführt. Erinnerst du dich jetzt?«

Er musste sich räuspern, bevor er antworten konnte. »Nicht wirklich, Belinda.«

Sie lächelte, und ihr Mund wurde dabei sehr breit. »Erinnerst du dich an Keagan? An die Hütte im Wald?«

»Ja, schon.«

Es traf ihn wie ein Blitzstrahl. Plötzlich sah er alles wieder vor sich. Den dichten Wald, den Sumpf, die Hölle von Florida. In diese tiefe Einsamkeit hatte sich Keagan der Kinderschänder verzogen. Ein Mann, der Schreckliches, schon Unaussprechliches mit den Kindern getan hatte. Kein normaler Mensch würde überhaupt auf den Gedanken kommen, aber Keagan war besessen gewesen.

Sie hatten ihn gefunden. Sie waren zu viert gewesen. Er hatte in seiner Hütte auf dem Bett gelegen. Er hatte sie teuflisch angegrinst, und als sie angenommen hatten, er wolle sie anspringen, war es über sie gekommen.

Sie hatten geschossen. Sie hatten ihn mit ihren Kugeln durchlöchert, bis kein Funke Leben mehr in ihm gesteckt hatte. Dann waren sie gegangen und hatten Bericht erstattet.

Normalerweise hätte eine Untersuchung folgen müssen. Bei Keagan war das nicht der Fall gewesen. Man hatte seine Leiche sogar in den Sumpf geworfen und dann die Meldung an die Presse gegeben, dass der Kinderschänder in den Everglades für immer und ewig untergegangen war und die Menschen aufatmen konnten.

»Alles klar, Clint?«

Schweiß stand ihm auf der Stirn. Er spürte ihn auch an anderen Stellen seines Körpers. »Jetzt schon«, flüsterte er. »Jetzt ist alles klar.«

»Das lässt sich hören.«

Die Frage fiel ihm schwer, er stellte sie trotzdem: »Und was hast du mit Keagan zu tun?«

»Er war mein Bruder, Clint!«

»Nein!«

»Doch. Keagan war mein älterer Bruder. Wir haben lange zusammen in den Sümpfen gelebt. Ich war bei ihm. Ihm habe ich auch manches Kind besorgt, denn wir waren etwas Besonderes. In ihm lag ein besonderer Keim oder ein besonderes Gen, und in mir ebenfalls. Mich hat man als Kind geholt. Ich wurde von einer Frau mitten in der Nacht aus dem Bett gekidnappt und leicht gebissen. Aber es war keine normale Frau. Es war eine mächtige Person, die sich in den hellen Nächten in eine Werwölfin verwandelte. Sie heißt Morgana Layton, und sie will als Werwolf nicht allein bleiben. Sie will sich Schwestern und Brüder schaffen, und ich gehörte dazu. Auf der einen Seite mein Bruder, auf der anderen ich. Er gab mir das Versteck. Ich habe ihn auch gefunden, bevor die anderen Männer kamen und ihn verschwinden ließen. Ich habe ihn gesehen, und ich habe Rache geschworen. Ich wollte mir diejenigen holen, die ihm und mir das angetan hatten. Du bist der Letzte in der Reihe. Alle anderen sind schon tot, wie du weißt.«

»Ja«, gab er flüsternd zu. »Ich habe die Bilder gesehen. Sie ... sie ... sehen schlimm aus.«

»Nicht schlimmer als Keagan.«

Clint regte sich auf. Die Erinnerung an dieses Ereignis ließ ihn einfach so reagieren. »Dein Bruder sah aus wie ein Mensch, aber er war kein Mensch mehr. Was er mit den Kindern gemacht hat, ist nicht zu begreifen. Das kann kein Mensch tun. Nicht mal der Schlimmste unter der Sonne. Er war schrecklicher als ein Tier, und deshalb musste er aus dem Verkehr gezogen werden.«

»Ja«, sagte sie mehr fauchend als sprechend. »Aus dem Verkehr gezogen werden, wie sich das anhört! Sag doch gleich vernichtet. Aber so wie du ihn vernichtet hast, werde ich dich vernichten. Du wirst so aussehen wie deine Freunde ausgesehen haben, als man sie fand. Durch mich, allein durch mich.«

»Bist du ein Mensch?«, fragte er.

»Auch.« Mehr sagte sie nicht, sondern stand von ihrem Sessel auf und ging zu einem der Fenster. Sie zog dort den Vorhang zur Seite, damit sie nach draußen und gegen den klaren Himmel schauen konnte, an dem sich der volle Mond abmalte, als hätte man in der Dunkelheit einen kreisrunden Ausschnitt hinterlassen.

Clint Walker blieb auf der Couch liegen. Er wäre

auch als nicht Gefesselter nicht aufgestanden, denn er fühlte sich einfach zu schwach. So schaute er zu, wie sich Belinda benahm.

Vom Fleck bewegte sie sich nicht, aber sie blieb auch nicht still stehen, um den Mond zu beobachten. So wie sie sich bewegte, sah es aus, als würde sie auf der Stelle tanzen. Sie bewegte sich in den Hüften, sie drückte ihren Oberkörper vor und besonders den Kopf, den sie dabei immer wieder in die Nähe des Fensters brachte, um dem Erdtrabanten so nahe wie möglich zu sein.

Belinda hob ihre Arme, winkelte sie an, spreizte die Hände und fuhr von beiden Seiten in ihre langen und dichten Haare hinein, die sie in die Höhe schob, um sie später wieder durch die Finger gleiten zu lassen.

Dabei blieb sie nicht stumm.

Zunächst glaubte Clint Walker, dass sie leise vor sich hinsang, wie jemand, der den Verstand verloren hatte. Das traf nicht zu, denn Belinda sang nicht, sondern gurrte, keuchte und stöhnte zugleich. Da flossen die verschiedenen Geräusche ineinander, während sie sich immer hektischer bewegte und der Körper von schweren Zuckungen geschüttelt wurde.

Ihre Arme und Hände waren jetzt nicht mehr zu kontrollieren. Sie schlug wild um sich. Sie schrie dabei. Sie schleuderte ihren Kopf zurück in den Nacken, und Clint Walker bekam am Rande mit, dass etwas mit ihrem Gesicht passierte. Dort bewegte sich die Haut, und auch die Haare veränderten sich und erhielten eine andere Farbe. Das Blond verschwand ebenso wie das natürliche Rot. Die Haare bleichten aus, sodass sie aussahen wie blondiert oder wie helle Asche.

Es war nicht zu erklären, einfach wahnsinnig, doch

Clint musste einsehen, dass er keiner Täuschung erlegen war. Das alles bildete er sich nicht ein.

Auch das Heulen nicht, dass jetzt ihren Mund verließ. Es echote durch den Wagen. Im normalen Zustand hätte Clint Walker eine Gänsehaut bekommen, doch er war einfach zu stark abgelenkt. Er versuchte, in der Scheibe das Gesicht der Person zu erkennen – etwas anderes war sie für ihn nicht mehr –, das war nicht möglich. Er sah nur einen hellen Schatten, der sich auf dem Glas hin- und herbewegte.

Sie hob die nackten Schultern, auf denen schon helle Haare wuchsen, die immer dichter wurden, sodass man schon von einem Pelz sprechen konnte, der auch bis in den Rücken wuchs und sich dort ebenfalls schnell ausbreitete.

Belinda schüttelte ihre Arme. Die Hände waren ebenfalls in die Metamorphose mit einbezogen worden, denn aus den Fingernägeln waren gekrümmte, messerscharfe Krallen geworden.

Walker hatte gehört, dass sie von einer Wölfin gesprochen hatte. Es war ihm unbegreiflich gewesen, und erst jetzt nahm er diese noch immer unerklärliche Tatsache zur Kenntnis.

Es gab sie doch!

Und er wusste, wie seinen Freunden die tödlichen Verletzungen beigebracht worden waren. Diese Krallen hatten alles aufgerissen und sie schließlich auf eine so schreckliche Art und Weise getötet.

Die rechte Hand fuhr hoch zum Rücken. Unter dem Fell malte sich noch der dünne Verschluss des Oberteils ab. Die Krallen fetzten es auseinander. Danach war das Unterteil an der Reihe. Auch es wurde zerrissen, und Belinda präsentierte dem gefesselten Zuschauer ihren nacken Rücken.

Da war nichts mehr von dem vorhanden, was Clint Walker so angemacht hatte. Der Rücken hätte, trotz seiner menschlichen Form, auch einem Tier gehören können, so dicht war er mittlerweile von diesem hellen Fell bedeckt.

Noch sah er nur den Hinterkopf. Bei jeder Bewegung wurde das aschblonde Haar in die Höhe geschleudert. Sie pumpte sich regelrecht auf und begleitete ihre Bewegungen mit einem jammernden Heulen, als würde sie unter Schmerzen leiden.

Am Kopf zuckte etwas. Clint ging davon aus, dass es der Mund war, der sich schnell öffnete und wieder schloss. Aber war das noch ein normaler Mund?

Bestimmt nicht, denn ab und zu hatte er einen Blick auf ihr Profil werfen können und festgestellt, dass es sich verändert hatte. Der Mund hatte sich in die Länge gezogen, und er ging davon aus, dass er sich in eine Schnauze verwandelt hatte. Er hatte nie persönlich mit Werwölfen zu tun gehabt. Für ihn gehörten sie ins Reich der Fabel. Natürlich hatte er über sie gelesen. Auch für Filmemacher waren sie stets ein dankbares Objekt, doch das in der Realität zu erleben war ein verdammt hartes Schicksal.

Clint Walker richtete seinen Blick nach unten. Auch ihre Füße hatten sich verändert. Das waren keine menschlichen mehr, sondern schon Tatzen bestückt mit Krallen.

Plötzlich stand sie still!

Clint hielt den Atem an. Er konnte sich vorstellen, dass in den folgenden Sekunden etwas Entscheidendes passierte, und wartete deshalb so atemlos ab.

Das Heulen verstummte. Die plötzliche Stille wurde dann durch ein anderes Geräusch abgelöst. Weder Jaulen noch Heulen, Clint verglich es mit dem

Knurren eines Hundes, der durch menschliche Dressur bösartig geworden war.

Bisher hatte er sich nicht so sehr auf sich konzentrieren können und mehr auf die Person vor ihm. Nun merkte er, wie die Angst zurückkehrte, und er zerrte an seinen Fesseln, doch die Handschellen saßen zu fest. Aus durchfuhr es ihn. Todesangst erfasste ihn. Die Welt schien für ihn zu einem Kreisel geworden zu sein. Auch die Schmerzen im Unterleib kehrten in sein Bewusstsein zurück.

Aus dem Kreisel löste sich etwas.

Es war eine Gestalt. Es war Belinda. Besser gesagt, es war das Wesen, das einmal auf den Namen Belinda gehört hatte und nun zu einem Monster geworden war …

Clint Walker starrte sie an. Der Mund stand dabei offen. Er hörte seinen zischenden Atem, den harten Schlag des Herzens, der bis hoch in seinen Kopf drang. Er hatte die normale Welt verlassen und war eingetaucht in das Reich furchtbarer Legenden. Bisher hatte er geglaubt, dass alles nicht so stimmen konnte, wie man es ihm gesagt hatte. Nun musste er das Gegenteil erfahren, und er merkte, wie sich in seinem Körper alles verkrampfte.

Sie war es – sie war es wirklich, auch wenn sie nicht mehr aussah wie ein Mensch.

Sie starrte ihn an, und er starrte zurück. In diesem Moment schienen sich seine Sinne zu sensibilisieren. Er sah sie so scharf, er nahm den beißenden Raubtiergeruch wahr, und er schien ihn sogar auf der Zunge zu schmecken.

Wie hatte sie sich verändert. Es gab das menschliche Gesicht nicht mehr. Da war kein Mund vorhanden und auch keine normale Nase. Stattdessen hatte sich eine Schnauze gebildet, die nach vorn drängte. Das Maul war nicht geschlossen. Es stand halb offen, und zwischen den spitzen Zähnen in beiden Kiefern schimmerte gelblicher Geifer. Selbst die Farbe der Pupillen war eine andere geworden. Das Rot der Haare schien sich dort eingenistet zu haben, denn die Punkte zeigten einen leicht rötlichen Schimmer.

Über der Schnauze malte sich die Nässe ab. Ein schwarzer Knubbel mit zwei breiten Löchern, aus denen so etwas wie Luft oder Atem zischte. Ob die Wölfin sprechen oder sich anderweitig verständlich machen konnte, wusste Clint nicht. Ihm war nur klar, dass seine Chancen, lebend zu entkommen, gleich Null waren.

Aber kampflos aufgeben? Sich einfach in das Schicksal fügen und sich ergeben?

Das war nicht sein Ding. Das hatte man ihm in Quantico auch nicht beigebracht. So hatte er seinen Beruf auch nie angesehen. Selbst jetzt dachte Clint Walker nicht an Aufgabe. Er versuchte, gegen seine Angst anzukämpfen.

Es war wie immer im Leben eine Sache des Blickwinkels. Er brauchte Belinda nicht unbedingt als eine Männer mordende Bestie zu sehen, er konnte sie auch als eine lächerliche Gestalt betrachten. Eine Mischung aus Mensch und Tier. Wesen, wie sie auch in den alten Sagen der Griechen vorkamen.

Der menschliche Körper war noch vorhanden, wenn auch mit diesem hellen Fell bedeckt, durch das an einigen Stellen die Haut schimmerte, sodass er fleckig aussah.

Mit einem Ruck richtete er sich auf. Er war einer

plötzlichen Eingebung gefolgt – und verzog das Gesicht, weil die Schmerzen urplötzlich zurückkehrten. Er schnappte nach Luft, und wieder drehte sich die Welt für einen Moment vor seinen Augen, sodass die Person zu einem Schatten wurde.

Nicht sie, sondern Clint stöhnte. Belinda schaute nur zu. Er sah es, als er die Augen wieder öffnete, aber auf der Couch sitzen blieb und sich nicht wieder hinlegte.

Belinda schob sich nach vorn. Sie hatte bisher kein Wort gesagt. Walker wusste nicht mal, ob sie überhaupt in der Lage war, zu sprechen. So recht glaubte er nicht daran, aber er hielt auch alles für möglich.

Dann war sie da!

Der erste Kontakt, der erste Griff, die erste harte Berührung ließ ihn den Atem anhalten. Belindas Krallen hatten sich in seine Kleidung gedreht. In diesem Augenblick spürte er ihre böse Macht und auch die in ihr steckende Kraft. Sein Wille zum Widerstand schmolz zusammen, und wie eine Puppe wurde er in die Höhe gerissen. Ihm schwindelte, als die Bestie ihn drehte und quer durch den Waggon schleuderte.

Er konnte nichts tun. Nicht mal die Hände in die Höhe reißen, um seinen Schädel zu schützen. Er wurde gedreht. Er roch sie, weil sie so nahe war. Der scharfe Geruch drang aus ihrem Maul, und er fuhr Walker beißend in die Nase.

Dann schleuderte sie ihn weg.

Diesmal konnte Clint den Schrei nicht unterdrücken. Er prallte gegen die Trennwand, denn so weit hatte sie ihn geworfen. Kurz nach dem Aufprall spürte er, wie der Widerstand hinter ihm zusammenbrach. Die Tür gab nach, und er verlor den Halt.

Clint Walker landete in diesem Waschbereich. Die

Trümmer fielen auf ihn. Hölzer und kleine Lattenstücke sowie Teile aus Presspappe bedeckten ihn. Er hatte sich nicht schützen können und war zum Glück mit dem Rücken zuerst durch die Tür gefallen. So war sein Gesicht nicht in Mitleidschaft gezogen worden.

Er lag auf dem Rücken. Er ergab sich in die verdammten Schmerzen. In seinem Kopf tobte es wieder, als wären fremde Geister dabei, ihn zu malträtieren.

Belinda räumte mit Tritten die im Weg liegenden Trümmer zur Seite. Clint war klar, dass sie ihn fertigmachen und demütigen wollte, bevor sie ihn endgültig vernichtete. Sie musste intensiv an ihrem Bruder gehangen haben. An einem Schänder und Verbrecher, der den Tod verdient hatte.

Okay, er und seine Freunde hatten damals nicht korrekt gehandelt, aber es ließ sich nicht rückgängig machen.

Sie riss ihn hoch.

So heftig, dass er gegen sie prallte und ihre schreckliche Schnauze dicht vor sich sah. Der dunkle Nasenansatz schimmerte feucht. Aus dem Maul wehte noch immer der eklige Geruch. Die Zahnreihen sahen für ihn schlimmer aus als die eines Vampirs. Sie waren wie ein Gitter aus spitzen Stäben.

Er wurde wieder gedreht. Mit dem Rücken krachte er gegen die eingebauten Schränke. Eine Tür öffnete sich. Durch den Druck fielen einige Tassen und Teller zu Boden. Sie zersprangen dort in zahlreiche Scherben.

Eine Klaue hielt ihn fest. Er sah die dunklen Nägel, die sich zu Krallen gebogen hatten. Seine Handgelenke bluteten inzwischen. Der Stahl hatte sie aufgerissen.

In ihren Augen stand der Tod. Das Gefühl einer

wahnsinnigen Rache hatte sie überschwemmt, und nichts mehr würde diese Flut stoppen können.

Genau das war der Moment, in dem erneut Widerstand in ihm hochstieg. Er konnte nicht anders. Er brüllte dem Wesen ins Gesicht und riss gleichzeitig sein rechtes Bein in die Höhe, eine Geste der Verzweiflung.

Das Knie bohrte sich in den fellbedeckten Körper. Clint hatte seine gesamte Kraft hinter den Stoß gelegt, und auch Belinda war davon überrascht worden.

Zuerst rutschte die Kralle ab. Dann torkelte der Körper auf unsicheren Beinen nach hinten. Er konnte auch nicht mehr gestoppt werden. Die Werwölfin fiel über den Tisch und prallte auf die Couch. Für einen Moment war der Weg frei.

Diese Chance nutzte Clint. Er hatte nicht vergessen, dass die Tür nach außen hin zu öffnen war. Wenn er gegen sie prallte, konnte er sie aufstoßen.

Zahlreiche Gedanken wirbelten durch seinen Kopf, ohne eine Klarheit zu finden. Die Bestie nahm die Verfolgung nicht auf, und so erreichte er tatsächlich die Tür.

Er wuchtete sich dagegen.

Sie schwang auf.

Er wollte es kaum glauben. Plötzlich konnte er in die Dunkelheit des Geländes schauen. Für einen winzigen Moment hatte er das Gefühl, am Rand der großen Freiheit zu stehen. Er brauchte nur zu springen, dann wegzulaufen und ein Versteck zu suchen.

Nur nicht fallen! Nur nicht am Boden liegen mit den gefesselten Händen.

Er lief weiter.

Nein, nicht mehr.

Nur einen Schritt ließ ihn Belinda kommen. Die

Bestie hatte sich längst gefangen. Sie war kein Mensch und deshalb auch nicht mit all den Unzulänglichkeiten ausgerüstet.

Der Schlag gegen den Rücken wuchtete Clint zunächst nach vorn. Aber er fiel nicht. Die Kralle hatte hart zugegriffen und holte ihn wieder zurück in den Wagen.

Er riss den Mund auf. Es war vorbei. Zum ersten Mal sah er keine einzige Chance mehr. Er war ein Mensch, und Menschen haben Angst. Da machte auch Clint Walker keine Ausnahme. Deshalb musste er schreien, sich etwas von dem Druck befreien.

Es wurde nur ein kurzer Ruf. Nicht mehr als ein Ansatz. Dann war die Pranke da und presste sich auf seinen Mund. Er spürte keine Haut. Das weiche Fell hatte sich auch an den Innenseiten der Pranken bilden können, und er spürte es auf seinen Lippen und auf seiner Zunge. Fast wie Samt. Für ihn war es widerlich. Ekel drängte sich hoch, der von einem Schmerzlaut abgelöst wurde, als er wieder rücklings zu Boden und auf seine gefesselten Arme prallte. Er hatte das Gefühl, mit gebrochenen Gelenken die letzten Minuten seines Lebens verbringen zu müssen. Das Bewusstsein war für einen Moment verschwunden. Er hatte das Gefühl, in den dunklen Tunnel zu tauchen, aber er sackte nicht weg, denn als er die Augen öffnete, kniete Belinda vor ihm.

Breitbeinig. Wie ein Klotz, der nicht mehr zur Seite geschoben werden konnte.

Allmählich klärte sich das Bild. Die Tür war wieder zugeschlagen. Kein kühler Hauch wehte in den Wagen. Somit war ihm auch er letzte Fluchtweg versperrt.

Er glaubte, das Leuchten in den Raubtieraugen zu

sehen. Ein Zeichen, dass Belinda den letzten Teil ihrer grausamen Rache endlich durchziehen konnte.

Sie tat es.

Und nichts konnte sie aufhalten ...

Das Ziel, die Gartenanlage am Potomac, hatten wir zwar gefunden und waren auch ein Stück in sie hineingefahren, dann aber war es aus mit der Herrlichkeit. Durch die schmalen Wege wollten wir nicht fahren. Zu Fuß waren wir schneller, und deshalb hielt Abe Douglas das Auto an und stieg als Erster aus.

Auch ich schob mich aus dem Auto und blickte mich in der Dunkelheit um. Erfreulich war es nicht, was ich zu sehen bekam. Die dunkle Fläche wurde nur von vereinzelten Lichtern unterbrochen, die mir fern vorkamen, obwohl sie in der Nähe lagen.

Selbst für romantisch veranlagte Menschen war diese Nacht nicht geschaffen, obwohl ein kreisrunder, aber kalt wirkender Mond am Himmel stand.

Beim Ausatmen kondensierte der Atem vor meinen Lippen. Es war nicht still, denn wir hörten die Fluten des Potomac wie ein fernes Rauschen, das hineindrang in die Ewigkeit.

Von einem Einsenbahnwaggon hatten wir bisher nichts gesehen. Kein Wunder in der Dunkelheit. Zudem war das Gelände relativ groß, was ich zusätzlich als einen Nachteil betrachtete.

Ich ging vor und zählte die Lichtinseln. Es waren nur insgesamt fünf, und die verteilten sich auf dem Gelände. Es blieb uns nur eine Möglichkeit, um eine lange Suche zu ersparen. Wir mussten zu der Quelle hin, die uns am nächsten lag. Dort würde man uns Auskunft geben können.

Der Meinung war auch Abe Douglas. Er hatte eine Lampe mit aus dem Wagen genommen. Ihr Licht wies uns den Weg und holte auch den Beginn eines schmalen Pfads aus der Dunkelheit, der wie eine enge Landebahn in das Gartengelände hineinführte.

Douglas leuchtete in die Gärten rechts und links hinein. Überall gab es kleine Pforten. Im Sommer leuchteten auf den Beeten bestimmt die herrlichsten Blumen. Jetzt war davon nichts zu sehen. Zahlreiche kleine Beete waren abgedeckt worden, manche mit Tannenzweigen, andere mit Planen.

Wir sahen die unterschiedlichsten Häuser, die sich die Besitzer gebaut hatten. Manche als flache Bungalows, andere sogar mit einer Etage und richtigen Dächern versehen.

Nur einen Eisenbahnwaggon sahen wir nicht. Dafür hatten wir die erste Lichtinsel erreicht. Es waren zwei Lampenköpfe, die innen das Gartentor flankierten. Das Licht reichte nicht bis zu diesem laubenartigen Haus im Hintergrund, aber auch dort war es heller. Hinter den Scheiben sahen wir den schwachen Lichtschein.

Douglas stieß das Gartentor auf. »Vielleicht haben wir ja Glück.«

Ich folgte ihm. Ein Trauma war es, Clint Walker so zu finden, wie man die anderen vier Toten aufgefunden hatte. Wenn ich daran dachte, überkam mich ein Druck im Magen, der hoch bis in die Kehle stieg. Ich wollte daran gar nicht denken.

Ein schmaler Plattenweg zerteilte den Garten in zwei Hälften. Die Obstbäume waren kahl wie Gerippe. Auf dem Boden lagen alte Blätter. Der Frost hatte sie hart werden lassen.

Das Haus lag etwas erhöht. Es war auf einer Betonplattform gebaut worden. Eine kurze breite Treppe führte hin und brachte uns auch nahe an die beiden erleuchteten Fenster heran.

Wir blieben davor stehen.

Gesehen hatte man uns nicht.

Ich schaute durch das rechte, Abe Douglas durch das linke Fenster. Wir fühlten uns beide nicht wohl, denn wir kamen uns wie Störenfriede vor, aber es musste sein.

Von innen war die Gardine zumindest bei mir nicht ganz zugezogen worden. So konnte ich durch einen schmalen Spalt schauen und einen Teil überblicken.

Ich sah einen Mann, der nur eine Jogginghose und ein Netzhemd trug. Er hatte sich in einen Sessel gefläzt und trank aus einer Dose Bier. Auf dem Tisch vor ihm stand ein Aschenbecher, in dem eine Zigarette verqualmte. Da der Mann in eine bestimmte Richtung schaute, nahm ich an, dass ihn das TV-Programm interessierte. Der Typ hatte Übergewicht und einen dicken Bauch. An der Brust wuchsen dichte dunkle Haare.

Ich sah auch eine Frau, die von der linken Seite her in mein Blickfeld trat. Auch zwischen ihren Lippen hing eine Zigarette. Sie trug einen Bademantel aus rötlichem Stoff, der fast die Farbe ihrer Haare aufwies, die fransenhaft an ihrem Kopf herabhingen.

Links neben mir hörte ich ein Geräusch. Abe Douglas hatte sich bewegt. Als ich zu ihm schaute, winkte er mir mit der ausgeschalteten Lampe zu.

Ich folgte ihm.

Das Haus besaß eine Tür. Rechts daneben standen einige schmutzige Gartengeräte. An der anderen Seite lag ein aufgerollter Schlauch wie eine schlafende Riesenschlange.

Eine Klingel sahen wir nicht. Deshalb klopfte Abe Douglas hart mit der rechten Faust gegen die Tür. Es dauerte nicht lange, da wurde ein vergittertes Fenster neben der Tür geöffnet. Ein Wärmeschwall drang nach draußen, dann schauten wir in das Gesicht der Frau, die ihre Zigarette aus dem Mund genommen hatte. Wir nahmen auch die Whiskyfahne wahr, die uns entgegenwehte.

»Was ist denn los?«

»Wir hätten einige Fragen.«

»Haut ab!«

Douglas versuchte es anders. »FBI!«, sagte er nur und ließ gleichzeitig seine Dienstmarke sehen.

»Scheiße.«

»Wieso?«

»Nur so. Ich habe mit euch nichts am Hut. Und mein Kerl auch nicht. Sein Knast ist verjährt ...«

»Das interessiert uns nicht«, sprach Abe Douglas dazwischen. »Wir möchten nur wissen ...«

»He, Julie, was ist denn los?«

Die Frau drehte den Kopf. »Hier sind zwei Bullen!«, rief sie in das Haus hinein.

»Was wollen die denn?«

»Keine Ahnung.«

Abe blieb gelassen, aber er sprach erst, als der dicke Typ mit seiner Bierdose in der Hand erschien.

»Ohne Uniform?«

»FBI!«

»Damit hatte ich nie was zu tun.«

»Okay, dann können Sie uns ja weiterhelfen. Wir suchen hier einen Eisenbahnwaggon, der als Wohnhaus fungiert. Gibt es den hier auf dem Gelände?«

Julie und ihr Mann schauten sich an. »Klar«, sagte die Frau, »den können Sie hier finden.«

»Super. Und wo?«

Sie dachte kurz nach und erklärte es uns. Das tat sie sogar recht gut, und wir glaubten, dass wir das Ziel auch in der Dunkelheit finden würden.

Der Dicke war neugieriger. »Was wollt ihr denn dort. Der Wagen ist im Winter nicht bewohnt. Die alten Leute kommen nur im Sommer her. Ansonsten wohnen sie in der Stadt.«

»Wir möchten ihn uns trotzdem anschauen«, sagte Abe.

»Wie ihr wollt.«

»Danke für die Auskünfte.«

Wir zogen uns zurück und hatten uns kaum gedreht, als das Fenster wieder zugeschlagen wurde.

Wir beeilten uns jetzt.

Beide hatten wir das Gefühl, dass es auf jede Minute ankam.

Die Beschreibung war wirklich gut gewesen. Wir verliefen uns nicht, und wir drangen tiefer in das Gartengelände ein, das von einigen mehr oder minder breiten Wegen durchschnitten wurde. In manchen Gärten standen Autos, aber ein Wagen fiel uns auch deshalb auf, weil er nicht weit von unserem Ziel entfernt abgestellt war. Ein dunkler Van, der uns wie ein Block den Weg versperrte.

Wir leuchteten hinein. Es hielt sich niemand darin auf, aber der Waggon oder Wagen stand in der Nähe. Wenn wir nach vorn schauten, dann sahen wir das schwache Licht.

Wenige Meter weiter war die Sicht schon besser. Der Umriss passte zu einem Eisenbahnwaggon, der mitten in einem Garten stand.

Auch die kleine Pforte war nicht ganz geschlossen. Mit einem Fußtritt kickte Abe Douglas sie bis zum

Anschlag hin auf. Er ging ein paar Schritte, zog dabei seine Waffe und sagte: »Hier sind wir richtig, denke ich ...«

Belinda erhob sich!

Sie hatte in den letzten Minuten gekniet. Jetzt als sie sich aufrichtete, da starrte sie auf ihre blutigen Pranken, von denen es noch immer tropfte.

Es war vollbracht – endlich!

Auch der Letzte aus der Gruppe hatte sein Leben ausgehaucht. Unter ihren Händen war er gestorben. Und sie hatte ihn leiden lassen. Zugleich auch hatte sie ihm den Mund zugehalten, damit er nicht schreien konnte, denn so verlassen war die Gartenanlage nicht. Zeugen wollte sie auf keinen Fall haben. So hatte sie es auch bei den vorherigen Morden gehalten. Niemand hatte sie gesehen. So hatte sie ihre Rache vollenden können

Sie dachte an Keagan. Sie sah ihn wieder vor sich. Ein schöner junger Mann. Viel zu schön für die Welt und für die Menschen, die darin lebten. Einer wie er war ein Wunder der Natur gewesen. Ihn musste man beschützen und ihm alles geben, was er verlangte.

Er hatte es bekommen. Er hatte es sich auch geholt und war so seinen grausamen Gelüsten nachgegangen.

Grausam für die Menschen, nicht für ihn. Er hatte es einfach gebraucht, und Menschen wie ihm sollte man nichts vorenthalten. Aber die Meute hatte ihn gejagt und gefunden. Getötet, zerschossen hatten sie ihn. Einen Wehrlosen und Wertvollen, der einfach nur auf seinem Bett gelegen hatte und seine Ruhe haben wollte.

Jetzt hatten auch seine Killer die Ruhe.

Aus dem offenen Maul drangen die scharfen Atemstöße. Die kleine Lampe brannte noch immer. In ihrem Schein schaute sich Belinda um. Sie sah das Blut, das sich nicht nur auf dem Boden verteilte, sondern auch bis gegen die Wände gespritzt war. Es machte ihr nichts aus. Es war sogar gut so, denn auch bei den anderen hatte sie ihre Zeichen hinterlassen.

Sie fand den Ort hier ideal. Er lag so versteckt und war zugleich ein Versteck, das sie bis zum Hellwerden wahrnehmen konnte. Dann erst würde sie verschwinden. Bis dahin wollte sie noch das kalte Licht des Mondes genießen und auch an die Person denken, die sie zu einer Wölfin gemacht hatte.

Morgana Layton!

Welch eine Person. Welch eine Macht. So wie sie würde sie gern werden, aber Belinda wusste selbst, dass es noch ein weiter Weg bis dorthin war.

Belinda konnte sich setzen, auch legen. Egal, was sie tat, niemand machte ihr Vorschriften.

Trotzdem tat sie es nicht. Sie kannte sich selbst nicht mehr. Die große Befriedigung nach Beendigung der Rache hatte sie zwar erlebt, aber sie war auch schnell vorbei gewesen. Eigentlich zu schnell, und darüber dachte sie nach.

Wieso? Warum? Was war geschehen? Warum konnte sie ihren Triumph nicht voll genießen?

Sie wusste es. Der Grund lag auf der Hand. An diesem Tag hatte sie schon zu viel erlebt, und sie dachte dabei auch an die beiden Männer in Clints Wohnung.

Gefährlich waren sie.

Jäger, die sich nicht so leicht abschütteln lassen würden, weil sie Bescheid wussten. Besonders der Größere der beiden hatte etwas an sich, das ihr Furcht einflößte. Er war bewaffnet, und er trug eine Waffe bei sich, die ihr gefährlich werden konnte. Nur kurz hatte sie die Ausstrahlung gespürt und sie nicht vergessen.

Jäger geben nicht auf, das wusste sie, denn Belinda sah sich ebenfalls als eine Jägerin an. Obwohl sie zu einer Wölfin mutiert war, folgte ihr Gehirn dem menschlichen Denken. So konnte sie überlegen, Pläne machen und die nötigen Konsequenzen daraus ziehen.

Nein, sie wollte nicht mehr hier bei dem Toten bleiben. Die Welt stand ihr offen. Es gab genügend Verstecke. Wenn sie Glück hatte, wurde die Leiche erst Wochen oder Tage später entdeckt. Nur wollte sie darauf nicht vertrauen.

Sie bewegte sich auf die Tür zu. Ihre Füße waren dabei in die Blutlache getreten und hinterließen auf dem nicht beschmutzten Teil des alten Teppichs schwache Abdrücke.

Sie hatte die Tür wieder zugezerrt, nachdem sie den Mann in den Wagen zurückgezogen hatte. Der Instinkt sorgte dafür, dass sie die Tür nur behutsam öffnete und durch den Spalt zunächst einen Blick nach draußen warf.

Wichtig war der Himmel!

Sie schielte zu ihm hoch und schaute zum Mond, der so perfekt dort stand, als wollte er die Welt aus der Höhe hervor beobachten.

Sie öffnet die Tür weiter, schlüpfte dann ins Freie – und blieb für einen Moment stehen. Innerhalb einer Sekunde wurde sie starr wie Eis. Das Fell sträubte sich auf ihrem Körper, denn sie spürte, dass jemand nahte.

Sie lauschte.

Noch war nichts zu hören, aber Belinda war sicher, dass sie sich nicht geirrt hatte.

Jemand war unterwegs, und dieser Jemand war gefährlich. Wer diesen Garten betrat, der hatte einen Grund und wollte sich bestimmt keinen leeren Eisenbahnwaggon anschauen.

Ein Licht tanzte durch den Garten. Noch war es recht weit entfernt, aber schon innerhalb des Geländes. Dann hörte Belinda auch eine Stimme.

Die kannte sie aus Clint Walkers Wohnung!

Die Bestie musste handeln. Sie wollte auf keinen Fall entdeckt werden. So lange ihr Zeit blieb, nutzte sie die Gelegenheit. Sie lief von der Tür weg, aber nicht in den Garten hinein, sondern hinter den Waggon.

Dort war es ebenso dunkel wie an der Vorderseite, aber da gab es auch etwas, was wichtig war.

Wer immer die Außenleiter an der hinteren Seite angebracht hatte, er hatte ihr letztendlich damit einen Gefallen getan. Mit wenigen Schritten hatte Belinda die Leiter erreicht und kletterte sie geschmeidig und so gut wie lautlos hoch.

Als die das Dach erreicht hatte, richtete sie sich gar nicht erst auf, sondern machte sich sofort flach und blieb liegen, während sie die Schritte der Männer immer deutlicher hörte, die erst verstummten, als sie den Wagen erreicht hatten ...

Vor der Tür stoppten wir. Eine kleine Treppe führte zum Eingang hin hoch, dessen Tür ich mit meiner Lampe anleuchtete. Sie war geschlossen. Abe Douglas wollte an mir vorbeigehen, aber ich hielt ihn mit der freien Hand fest.

»Moment noch!«

»Was ist denn?«

»Da!« Ich ließ den Strahl meiner schmalen Lampe an der Tür entlang gleiten, und beide sahen wir die dunklen Flecke, die dort klebten.

Ich war schneller da als Abe. Mit dem Zeigefinger tupfte ich gegen einen dieser Flecke, und ich wusste dann, dass meine Vermutung stimmte.

Es war Blut, was dort klebte.

»Sie war hier, Abe.«

»Verdammt!«

Wir brauchten nicht viel zu reden, auch so wussten wir Bescheid und gingen schon jetzt davon aus, dass wir es leider nicht geschafft hatten und zu spät gekommen waren.

Ich steckte die Lampe weg und holte die Beretta hervor. Dabei stand ich dicht vor der Tür. Ein kurzes Ausstrecken der Hand reichte aus, um sie zu erreichen.

Der alte Griff war gut geölt und ließ sich auch recht leicht nach unten drücken. Es entstand ein quietschendes Geräusch, als sich die Tür öffnete. Im Wagen brannte ein schwaches Licht. Ich übersah es und nahm nur den Geruch wahr.

So roch Blut.

Hinter mir atmete Abe Douglas schwer. Der warme Hauch traf meinen Nacken. Ich ging langsam vor und dachte erschaudernd wieder an die schrecklichen Fotos, die ich gesehen hatte.

Auch Abe hatte den Wagen jetzt betreten. Er stand neben mir, und wir gingen keinen Schritt mehr weiter. Das Licht war hell genug, um das Grauen zu erkennen, und wir beide fühlten uns, als hätten wir Schläge in den Magen erhalten.

Es war schlimm!

Nein, es war mehr. Uns bot sich ein Bild, das einfach unbeschreiblich war. Wie konnte jemand nur so etwas mit einem Menschen machen. Ich stand da und hatte das Gefühl, weggetragen zu werden. Ich wollte nicht mehr hinschauen, doch da war eine Kraft vorhanden, die mich zwang, es zu tun.

»Nein, nein!«, stöhnte ich, »das ... das ... ist unmöglich. Das darf nicht wahr sein.«

Neben mir stand Abe Douglas. Er hatte den rechten Arm angehoben und seine Hand gegen die Lippen gepresst. Seine Augen waren weit geöffnet und starr. Ich sah sogar das Tränenwasser.

»Bestie Belinda ...« Ich hatte sehr leise gesprochen, war aber von Abe verstanden worden.

Seine Hand rutschte nach unten. »Wir müssen sie finden, John«, flüsterte er. »Ich will nicht noch mehr von diesen schrecklichen Bildern erleben.«

Ja, Abe, ja ...« In der Theorie sah alles so gut aus. In der Praxis weniger, und an diese Praxis mussten wir uns erst gewöhnen. Wir mussten jetzt handeln wie Polizisten und zu einer kurzen Untersuchung des Tatorts starten.

Es gelang uns nicht, den Blick von dem zu nehmen, was mal ein lebendiger Mensch gewesen war. Eine Bestie hatte ihn getötet, und wir gingen davon aus, dass diese Bestie Spuren hinterlassen hatte. Im Licht durchsuchten wir den Wagen. Ich ging dorthin, wo eine Tür eingebrochen war. Das Blut des Mannes war bis dorthin gespritzt. Mit dem rechten Fuß räumte ich einige Trümmer zur Seite und leuchtete in die Dusche und die Toilette hinein. Mir war längst klar geworden, dass sich hier alles abgespielt hatte. Clint Walker musste sich bis zum letzten Atemzug gewehrt haben, trotz seiner Fesseln, denn die Handschellen waren uns aufgefallen.

Ich wollte mich drehen und zu Abe Douglas gehen, als ich wie erstarrt auf der Stelle stand.

Dort wo mein Kreuz die Brust berührte, hatte ich den Wärmestoß gespürt.

Sie war noch da!

Ich blieb starr stehen. Ich hielt sogar den Atem an und konzentrierte mich nur auf das Brennen an meiner Brust.

Belinda war in der Nähe!

Ich dachte daran, dass das Blut noch warm gewesen war. Die Untat lag demnach noch nicht lange zurück. Wahrscheinlich hatte es Belinda nicht geschafft, schnell die Flucht zu ergreifen, wir waren einfach zu nahe gewesen. Also hatte sie sich nicht weit entfernt ein Versteck gesucht.

Nur wo?

Warum hatte sie nicht die Chance ergriffen und war geflohen, als wir uns innerhalb des Waggons befanden? Wahrscheinlich aus Nichtwissen. Sie konnte nicht ahnen, welch einen Indikator ich bei mir trug und dass ich Bescheid wusste.

Abe Douglas war meine Reglosigkeit aufgefallen. Er wollte den Grund wissen und sprach mich an.

»John, du . . .«

Zum Glück hatte er leise gesprochen und verstummte sofort, als ich mich zu ihm hindrehte und einen Finger auf die Lippen legte.

Er zuckte mit den Schultern.

Ich ließ die linke Hand wieder sinken und deutete auf meine Brust, darauf hoffend, dass er die Geste begriff.

Ja, er nickte.

Dann ging ich mit zwei Schritten wieder zurück und merkte, dass das Brennen nachließ. Mit einer Hand holte ich meinen Talisman hervor und ging zu Abe.

Er nickte nur. Hatte verstanden.

»Sie ist in der Nähe«, raunte ich ihm zu. »Das Kreuz hat sie aufgespürt.«

Die Augen des FBI-Agenten bewegten sich. »Aber wo?«, flüsterte er zurück. »Hier bestimmt nicht.«

»Nein ...«

Im Moment waren wir beide ratlos. Das Kreuz sonderte keinen Lichtschein ab, aber die Wärme verschwand auch nicht. Ich steckte es in die Tasche.

Jetzt kam es darauf an, wie wir reagierten. Wir durften auf keinen Fall das Falsche tun. Aber was war in diesem Fall richtig, und was war falsch?

Ich quälte mich mit dem Gedanken herum. Es gab eigentlich nur eine vernünftige Lösung.

Wir mussten uns draußen und in der Nähe des Wagens umschauen.

Im Garten gab es Verstecke genug. Daran wollte ich nicht recht glauben. Dann hätte sie besser verschwinden können.

Unsere – oder meine – Logik passte einfach nicht.

Nur unser Atmen war zu hören. Ansonsten klebte die Stille zwischen den Innenwänden des Wagens.

Und die wurde plötzlich von einem Geräusch unterbrochen. Es war sehr leise, brachte aber auch eine gewisse Gleichmäßigkeit mit. Ein leichtes Kratzen oder Schleifen.

Wir brauchten nicht lange, um herauszufinden, woher das Geräusch erklang. Fast gleichzeitig deuteten wir gegen die Decke.

»Auf dem Dach, John ...«

»Genau!«

Das letzte geraunte Wort war so etwas wie ein Startsignal. Auf leisen Sohlen schlichen wir zur Tür ...

Belinda lag auf dem Dach und musste sich selbst eingestehen, dass es zwar nicht der ideale Platz war, aber sie fühlte sich trotzdem wohl. Wer kam schon auf die Idee, dass sich jemand auf einem Waggondach versteckte?

Sie wartete.

Die beiden Männer hatten unter ihr den alten Waggon längst betreten und wussten nun Bescheid. Ihr, Maul bewegte sich zuckend, als sie daran dachte. Sie stellte sich die entsetzten Gesichter der Jäger vor, die einsehen mussten, dass sie zu spät gekommen waren.

Was würden sie tun?

Wenn es Bullen waren, dann gab es nur eines. Dann mussten sie die Kollegen von der Mordkommission anrufen, die dann die Untersuchungen aufnahmen. Das konnte dauern. In der Zwischenzeit würde sie längst über alle Berge sein.

Als Bestie waren ihre Sinne viel geschärfter als im menschlichen Zustand. Obwohl sich die beiden bemühten, leise zu sein, hörte sie ihre Schritte. Sie konnte verfolgen, dass sie vor und zurück gingen und auch miteinander redeten.

Was sie sagten, hörte sie nicht, dazu war es zu leise. Dann aber ging einer von ihnen in den hinteren Teil des Waggons. Akustisch verfolgte Belinda seinen Weg.

Der Mann blieb stehen.

Direkt unter ihr!

Wieder sträubte sich ihr Fell. Ein Mensch hätte eine

Gänsehaut bekommen, bei ihr war es nicht möglich. Aber sie spürte etwas, das ihr Unbehagen und sogar Furcht bereitete.

Unter ihr musste der Mann mit der Waffe stehen!

Belinda bewegte sich nicht. Es war besser, wenn sie sich völlig ruhig verhielt und sich einzig und allein auf den Mann mit der gefährlichen Waffe konzentrierte.

Er blieb nicht lange. Sie hörte wieder seine Schritte. Er ging zu dem anderen Mann. Beide flüsterten miteinander. Belinda ging davon aus, dass sie abgelenkt waren.

Diese Chance wollte sie nutzen. Sehr behutsam und jedes Geräusch vermeidend, richtete sie sich auf. Sie wurde immer größer. Im Mondlicht malte sich ihre Gestalt ab, als wollte sie noch mal die nötige Kraft schöpfen, um auch diese beiden Feinde zu besiegen.

Dann ging sie vor.

Sie lief auch jetzt so leise wie möglich. Aber das Dach war uneben und nicht gereinigt worden. Überall hatten sich Klumpen festgebacken, und sie musste ihre Beine schon einige Male anheben, um diese kleinen Hügel zu überschreiten.

Die Leiter hatte sie nicht nehmen wollen. Man hätte sie da zu leicht hören können.

Belinda hatte die Höhe der Tür noch nicht erreicht, als sie verharrte. Sie drehte sich nach links und schaute zur größeren Gartenseite hin. Den Weg wollte sie nehmen und so schnell wie möglich durch die Pforte verschwinden.

Noch einmal der Blick zum Mond.

Ja, das kalte Auge wachte über sie.

Ein letztes Zucken, der Ruck in die Knie, dann stieß sie sich ab und sprang dem Boden entgegen ...

Wir verhielten uns so leise wie möglich und liefen noch nicht sofort nach draußen. In Höhe der Tür blieben wir zunächst lauschend stehen.

Es war nichts mehr zu hören. Aber wir gingen noch davon aus, dass sich Belinda auf dem Dach befand. Im Halbdunkel leuchteten Abes Augen. Darin stand der Wille, diese Bestie zu stellen.

Leider war die Tür wieder geschlossen. Geräuschlos ließ sie sich nicht öffnen.

»Los!«, sagte ich nur.

Dann ging alles blitzschnell. Ich zerrte die Tür auf und hatte mich schon abgestemmt, um die drei Stufen der Treppe mit einem Sprung zu überwinden.

Mit beiden Füßen zugleich landete ich auf dem weichen Boden und sah aus dem Augenwinkel, was in dieser Sekunde geschah, als hätte es das Schicksal genau abgestimmt.

Vom Dach her sprang eine Gestalt. Ich sah sie aufprallen, sah, dass sie eine menschliche Form besaß, aber das war nur der erste Eindruck. Tatsächlich war es die Bestie, und sie besaß den Körper eines übergroßen Wolfs.

Sie drehte mir den Rücken zu. Aber sie war nur zwei, drei Meter entfernt und konnte mich nicht gesehen haben.

Ich startete, als hätte man mir einen Tritt verpasst. Und ich war verdammt schnell. Die Bestie schaffte es nicht, sich zu drehen. Vielleicht hatte sie mein Keuchen gehört, jedenfalls richtete sie sich sehr schnell wieder auf.

Noch ein Sprung, und ich hatte sie.

Bevor sie den ersten Schritt nach vorn gehen konnte, sprang ich ihr in den Nacken und klammerte mich dort fest ...

Ich hätte ihr auch in den Rücken schießen können, aber irgendwie widerstrebte mir das. Ich wollte mehr wissen, ich wollte Belinda erleben, und deshalb hing ich an ihrem Rücken fest. Auch Werwölfinnen können überrascht werden. Das erlebte ich in den folgenden Augenblicken, denn Belinda tat nichts. Sie schüttelte sich nur, weil sie von diesem plötzlichen Druck auf ihrem Rücken zu sehr überrascht worden war.

Diese Zustand hielt allerdings nicht lange an. Sie riss den Kopf in die Höhe und drückte ihn zugleich nach hinten. Dabei öffnete sie ihr Maul und schickte ein furchtbares Heulen in die dunkle Nacht. Es war so etwas wie ein Startzeichen, denn jetzt begann sie zu kämpfen. In das Geheul hinein hörte ich noch den Schrei meines Freundes Abe Douglas. Er rief meinen Namen. Sicherlich hatte er Angst um mich, und es sah auch nicht gut für mich aus, denn Belinda fing an, sich zu wehren. Sie schüttelte sich. Sie bewegte sich hektisch von links nach rechts. Sie schlug aus, sie wollte mich loswerden. Ihr Körper zuckte in die Höhe, sank dann wieder zusammen, und ich kam mir vor wie ein Reiter beim Rodeo.

Von der Seite her flitzte Abe Douglas heran. Er hatte seine Waffe gezogen und wollte sich vor Belinda aufbauen, um sie mit Blei vollzumpumpen. Ob er geweihte Silberkugeln geladen hatte, war mir nicht klar, aber ich hatte auch andere Sorgen, denn Belinda griff jetzt zu anderen Tricks.

Sie beugte sich blitzschnell und so weit wie möglich nach vorn, sodass ich den Halt verlor. Ich rutschte nach vorn, verlor den Halt und beging den Fehler, mich nicht rasch genug zu lösen. Seitlich kippte ich über die Schulter der Werwölfin hinweg und prallte zu Boden.

Dort blieb ich nicht liegen. Ich überrollte mich und hatte die Waffe nicht losgelassen. Mit beiden Händen hielt ich sie fest und war bereit, zu schießen.

Es fielen zwei Schüsse.

Nicht ich hatte abgedrückt, sondern Abe Douglas. Ich sah ihn, als ich hochkam. Er stand nicht weit entfernt in Combat-Stellung und hielt seine Waffe mit beiden Händen fest. Zwei Kugeln hatte er abgefeuert und beide Male getroffen.

»John!« Er kreischte es fast und lachte danach laut.

Ich wollte es kaum glauben, als ich mich mühsam aufrappelte. Nicht weit von uns entfernt lag die Bestie Belinda am Boden und bewegte sich nicht mehr. Sie hatte ein Bein angezogen, das linke blieb ausgestreckt. Die Wucht der Kugel-Einschläge hatten sie halb auf den Rücken und halb auf die Seite geschleudert.

Abe schüttelte den Kopf. »Ich fasse es nicht. Ich fasse es nicht, dass es so einfach gewesen ist. John, das ist wirklich ein Traum.«

Er wollte auf sie zugehen, aber ich warnte ihn. »Gib Acht, Abe!«

»Was ist?«

»Ich traue ihr nicht!«

Und das nicht ohne Grund. Ich kannte mich besser aus als Abe Douglas, weil ich schon öfter gegen Werwölfe gekämpft hatte. Dabei dachte ich in diesem Fall nicht mal an ihre Heimtücke, sondern an etwas anderes. Wenn diese Bestien von einer geweihten Silberkugel getroffen worden waren, dann konnte man sie als vernichtet ansehen. Dann rückverwandelten sie sich wieder, doch das passierte hier nicht. Sie blieb einfach dort liegen, wo sie auch gefallen war. Als wollte sie uns reinlegen.

»Wieso, John? Sie ist doch . . .«

»Bleib zurück!«

»Und du?«

Ich gab ihm die Antwort nicht mit Worten, sondern mit einer Geste, denn ich holte mein Kreuz aus der Seitentasche. Er sah es und legte wieder auf Belinda an.

Ich schlug einen kleinen Bogen nach links, als ich auf sie zuging. Die linke Hand, in der ich das Kreuz hielt, erwärmte sich. Genau damit hatte ich gerechnet. Wäre sie erledigt gewesen, hätte dieses Phänomen nicht eintreten können.

Ich gelangte nicht bis zu ihr. Wahrscheinlich hatte auch Belinda gespürt, wer da kam.

Urplötzlich kam sie in die Höhe. Ich erlebte in dieser Sekunde so etwas wie die Geburt eines Monstrums und war auf eine ungewöhnliche Art und Weise fasziniert.

Manchmal kann man von der Schönheit des Schreckens sprechen oder von der Faszination.

Das erlebte ich in diesen Augenblicken, denn sie war schon etwas Besonderes. Auch als Bestie, an der noch das Blut des letzten Opfers klebte.

Ein sehr helles Fell, dass in der Dunkelheit einen meiner Ansicht nach zweifarbigen Schimmer bekommen hatte. Ein gewaltiger Kopf, eine weit nach vorn stehende Schnauze mit dem mörderischen Gebiss, und dann die Augen unter der fast glatten und von wenigen Haaren bedeckten Stirn, die eben diese Kälte widerspiegelten, die ohne einen Funken Menschlichkeit war.

Belinda war so groß wie ich, aber sie wirkte größer, weil sie sich so weit gereckt und gestreckt hatte. Sie zögerte mit dem Angriff, denn sie sah das Kreuz in meiner Hand.

Manchmal ist es schon simpel oder fast zu simpel, mit welchen Mitteln gefährliche Bestien oder auch dämonische Abarten vernichtet werden können.

In diesem Fall konnten es Silberkugeln sein, die mein Freund Father Ignatius herstellte und auch weihte.

Ich feuerte zweimal!

Zwei Kugeln steckten bereits in ihrem Körper, doch die hatten ihr nichts getan.

Nun erhielt die Bestie die volle Ladung!

Beide Male wurde sie in die Brust getroffen und zwar an der linken Seite. Sie fing die Geschosse auf, als wäre es nichts Besonderes. Ich wartete darauf, dass sie kippte, aber noch blieb sie auf ihren Tatzen stehen. Sie schaffte es sogar, sich noch ein Stück in die Höhe zu recken, riss ihr Maul weit auf und zuckte dabei wie unter Peitschenhieben zusammen.

Dann erst taumelte sie zurück.

»Du hast es geschafft, John, du hast es geschafft. Verdammt, das ist Wahnsinn . . .«

Ich hörte nicht zu, was Abe Douglas in seiner Euphorie von sich gab, sondern ließ das Wesen nicht aus den Augen. In seinem Körper tobte die geweihte Kraft des Silbers. Es war eine Macht, der die Wölfin nichts entgegensetzen konnte.

Ihre Bewegungen verloren die normale Gelenkigkeit. Sie schlug unkontrolliert um sich. Ihre Beine zitterten, und ich sah auch, dass sich das Fell zurückzog.

Dann fiel sie auf den Rücken!

Diesmal zögerte ich nicht und trat auf sie zu. Neben ihr blieb ich stehen. Mein Blick fiel auf die Gestalt, die mich mit ihren nicht mehr klaren Augen anstarrte, denn der Blick war wässerig geworden. Sie sah meine Waffe, aber die Mündung der Beretta zeigte jetzt zu

Boden, und sie erlebte die Rückverwandlung, die mit starken Schmerzen verbunden war. Wobei ich den beiden geweihten Silberkugeln die Schuld gab, deren Kraft in ihrem Körper tobte.

Sie wurde wieder zum Mensch, zur Frau.

Auch Abe Douglas war zu mir gekommen. Er schaute zu. Er hörte das Heulen und Jammern. Er sah das Zittern des Körpers und schaute ebenfalls hin, als sich die Schnauze wieder verkleinerte und zu einem normalen Mund mit ebenfalls normalen Lippen wurde.

Die Hände schlugen noch gegen den Boden, aber die Krallen waren bereits verschwunden. An ihrer Stelle hatten wieder die normalen Fingernägel ihren Platz eingenommen.

Helfen konnte ihr niemand. Wir wollten es auch nicht. Ich hoffte allerdings darauf, dass sie noch in der Lage war, mir einige Erklärungen abzugeben. Schließlich wusste keiner von uns beiden, weshalb sie die FBI-Agenten getötet hatte.

Eine nackte Frau kam immer mehr zum Vorschein. Im Licht von Abes Lampe war auch ihr Gesicht überdeutlich zu sehen. Ich musste zugeben, dass sie zumindest reizvoll aussah. Selbst als Leiche. Oder steckte noch Leben in ihr?

Ich sah die beiden Einschusslöcher in der Brust. Die anderen beiden verteilten sich etwas tiefer. Belinda hob die Arme an. Sie wollte sie uns auch entgegenrecken, doch sie schaffte es nicht. Sie sackten zurück.

»Warum nur?«, fragte ich leise. »Warum hast du das getan? Kannst du noch reden?« Ich sprach nicht von einer Erleichterung ihres Gewissens, das wäre bei ihr falsch gewesen, aber vielleicht fand sie noch die Kraft, uns einige Erklärungen zu geben.

Und sie sprach, auch wenn es für uns kaum zu verstehen war. »Keagan ... Keagan ...«

Ein Name war gefallen, mit dem ich nichts anfangen konnte. Ich schaute Abe Douglas an, aber auch er zuckte nur die Achseln.

»Mein Bruder ...«

»Was ist damit?« Ich hockte mich zu ihr. Im Licht sah ich ihren Mund, vor dem jetzt Schaum zu sehen war. Ein Mischung aus Speichel und Geifer.

»Sie haben ihn getötet. Vier ... die vier ... vor Jahren. Ich ... Rache ... geschafft ...«

Plötzlich trat ein Leuchten in ihre Augen. Kein überirdisches Strahlen, sondern ein eisig kaltes Licht, dessen Anblick eine Gänsehaut erzeugen kann. Noch einmal strömte Kraft in ihren Körper hinein, und sie schrie einen Namen.

»Morgana!«

Ich schrak zusammen. Nicht wegen der Lautstärke der Stimme. Das hatte einen anderen Grund. Ich kannte Morgana Layton. Sie war so etwas wie die Anführerin der Werwölfe und bildete fast einen Gegenpart zu Dracula II.

Danach kam nichts mehr.

Sie fiel zurück, schlug mit dem Kopf auf und blieb tot liegen.

Neben mir räusperte sich Abe Douglas. Auch er hatte den Namen verstanden und wiederholte ihn. Zugleich zeigte mir sein Schulterzucken, dass er damit nichts anfangen konnte.

»Ich kenne sie«, sagte ich.

»Und?«

»Später.«

Ich bückte mich, um Belinda zu untersuchen. Ja, es gab eine Belinda, aber die Bestie Belinda war Vergangenheit. Und den Erfolg konnten wir uns gutschreiben.

Eine halbe Stunde später herrschte in der Gartenanlage das kontrollierte Chaos. Abe Douglas hatte die Kollegen alarmiert, die ihre Untersuchungen aufnahmen. Er selbst stand auch im Mittelpunkt, während ich mich zurückgezogen hatte und auf einer Bank saß, die am Rand eines kleinen mit Draht abgedeckten Teichs stand.

Wir hatten den vierten Mord nicht verhindern können. Das genau wurmte mich. Aber die Retter in letzter Sekunde kamen zumeist nur im Film. In der Wirklichkeit sieht es oft anders aus.

Ich war müde und trotzdem innerlich aufgeputscht. Da ich an einer relativ windgeschützten Stelle saß, ließ sich auch die Kälte aushalten.

Ein Schatten fiel über mich. Dann setzte sich Abe Douglas zu mir auf die Bank. Er senkte den Kopf, hatte die Ellenbogen auf die Beine gestützt und nickte einige Male.

»Ich habe mich erkundigt, John.«

»Wonach?«

»Keagan.«

»Ja, der Bruder.«

»Nicht nur das«, sagte Abe und seufzte schwer. »Er war ebenfalls ein Untier. Ein Mörder. Ein Kinderschänder. Was er getan hat, das ... das ... kann man nicht beschreiben. Er wurde gestellt in den Sümpfen Floridas ...«

»Waren es zufällig vier FBI-Agenten?«

»Ja.« Er musste sich räuspern. »Sie waren noch jung, aber sie wussten über die Verbrechen Bescheid. Sie haben ihn nicht festgenommen, sondern erschossen. Man hat es nie an die Öffentlichkeit gebracht und erklärt, dass Keagan im Sumpf versunken sei. Das wurde akzeptiert. Aber die Wahrheit sah anders aus, und die hat seine Schwester Belinda nicht vergessen.«

»Danke«, sagte ich. »Jetzt kenne ich auch das Motiv für die Greueltaten.«

Abe Douglas stand wieder auf. »Kommst du mit?«

»Nein. Lass mich noch ein paar Minuten hier sitzen.«

»Wie du willst.«

Er ging. Ich schaute zum Mond, der noch immer so klar am winterlichen Himmel stand, um mich allein zu beobachten und mir kundzutun, dass für mich der Kampf gegen die Mächte der Finsternis weiterging

ENDE

Kanal-Zombies

Mongush, der alte Schamane, wusste als Erster Bescheid. In den Tiefen der Moskauer Kanalisation war das Grauen erwacht. Lebende Leichen, die Jagd auf Menschen machten, trieben dort ihr Unwesen – Kanal-Zombies.
Der Schamane wurde Zeuge zweier grauenvoller Untaten. Und er sagte der Brut den Kampf an.
Nicht allein. Er brauchte Hilfe. Die fand er in Karina Grischin und in mir, John Sinclair …

ISBN 3-404-73244-8

BASTEI LÜBBE